紙醉金迷之一夕殷勤

世態炎涼，人性一覽無遺

張恨水 著

現在銀子不看見，金子可看得見。
黑眼睛見了黃金子，這問題就更不簡單了，
只要有金子，良心不要了，人格也不要了。

以前人家說，眼睛是黑的，銀子是白的，相見之下，沒有不動心的。

目錄

第一回　成就了一筆生意

范寶華這杯酒，是幹得沒有錯誤的。第二日上午八時，由陶伯笙出面作東，請在廣東館子裡吃早點。除范李陶三位，還有魏端本和他的科長孟希禮。他二人是最後到的，魏端本介紹著一一和孟科長相見。他穿了一套西康草綠色呢的中山服，胸襟前掛了機關的證章，頭上的茶色呢帽，邊沿是熨燙得很平，向外伸張著，肋下夾個大皮包，裡面鼓鼓的。

一切儀表都表示他是個十足重慶上等公務員的架子。因為窮公務員的衣服，全是舊的，不能平直，而腰桿子也微彎了直不起來。腳下十之六七，沒有皮鞋，就是有皮鞋，也破舊得不成樣子，只把些黑鞋油像拓麵糊似的，在皮鞋幫子上搽抹著，這雖是表面光亮一點了，可是那破皮鞋的補丁，卻是遮蓋不住的，而且鞋子也走了樣了。這位孟科長可不是這樣的人，穿的皮鞋，不但是既烏且亮，就是鞋子也緊繃繃的，沒有走一些樣。

范寶華一見他這樣子，就知道對付這位科長，不能太簡單，於是敬茶敬菸張羅一陣。那孟科長雖也相當地敷衍，可是坐在小圓桌的上方，卻是繃緊了面孔，規規矩矩地說話。陶伯笙先將生意經的帽子談了一談，說范先生有貨，談到孟科長的機關願意收買，然後再說自己和范先生魏先生都是朋友，願促其成。

那孟科長默然地吸著一支紙菸，靜靜地聽著，先且什麼話都不說，等陶伯笙介紹了一番之後，才淡淡地笑了一笑，接著點點頭道：「的確，鋼鐵材料，我們是想收買一點的，不過我們總也得看看貨。」陶伯笙道：「那是一定。不過這些東西，都是不好隨身帶著樣品的。吃過點心，不知孟科長有工夫沒有？若是有工夫的話，我們想請孟科長去看看貨。」

孟希禮兩個指頭夾了菸卷，斜放在嘴角上抿著，另一隻手，插在他褲子岔袋裡，身子向後仰著，靠了椅子背。他微昂著頭，大有旁若無人之概，那兩隻帶有英氣的眼珠，在掛在臉上的大框眼鏡裡面閃動。陶伯笙一看這情形，就有點不妙。難道他們犧牲那五十萬元定錢不成？再不然，那五十萬元支票，就是一張空頭，那倒是大大地上了他的當了。他心裡這樣地想著，也就接不上話來。

魏端本坐在其間，對於自己科長這副做工，卻認為有些蛇腳。昨日得了消息，和司長一報告，他就叫搶著買。現在開始接洽了，為什麼搭起架子來？且不談白白把幾十萬回扣犧牲了，東西沒有買成功，怎麼去交代公事呢？他立刻轉了好幾個念頭，這就向范寶華帶了笑問道：「我們機關裡買貨，和商家互相來往不同，接洽的人，都有他的責任的。你們貨在什麼地方？」范寶華道：「貨就在城裡，起運都很方便。實不相瞞，我是等了一筆現款用，不能不脫手。其實無論什麼貨，放在家裡是不會吃虧的。」

孟希禮噴出一口煙來，微笑著道：「那必然是買金子。」范寶華道：「也可以說是替國家把法幣回籠。我是作黃金儲蓄。我這樣做，還是一功兩德，我的物資是賣給國家了。我的法幣，可也為國家作了黃金儲蓄了。」

孟科長微笑道：「難道范先生就一點好處都沒有嗎？我是天天都看見的，那些在四行兩局排班作黃金儲蓄的人，一站就是二十四小時，他們真是為了國家嗎？」魏端本道：「范先生作幾百兩黃金儲蓄的人，何必到銀行裡去排班，他給銀行裡一個電話，銀行就給他代辦了。不必銀行，就是銀樓，也給他代辦了。」

孟科長點點頭道：「好的，范先生有熟銀樓，將來我們打首飾，請代為介紹一下，讓他們少算兩個工錢。」陶伯笙道：「那太不成問題了。兄弟就可以介紹，那太不成問題了。」說著，自己拍了兩拍胸脯。那位孟科長又是一陣淡笑，不置可否。

范寶華是個老游擊商人，這種對手，豈止會過一個？當時一面客氣著，請孟魏兩人吃點心。一面向陶伯笙使了一個眼色。然後站了起來道：「兄弟去買一點好紙菸來吧。老陶老李，請你代我陪客十來分鐘。」說著，就走了。陶伯笙雖不明白他是什麼用意，反正在他這一丟眼色之下，那是絕不能放著機關裡這兩位出錢人走的，特別是殷勤招待。

果然不到二十分鐘，他就買了兩包美國菸回來了。就拍著陶伯笙肩膀，引到一邊空位上去說了幾句話，順便塞了個紙包到他手上。陶伯笙笑著點點頭，讓范寶華歸座，卻向孟希禮點了兩點頭，笑道：「孟科長，你請到這邊來，兄弟和你談兩句話。」他對這事，倒是歡迎的，並沒有說什麼就走了過來。

陶伯笙先不忙敬了他一支紙菸。劃了火柴梗，給他點著了，然後兩人抱了方桌子角坐下談話。陶伯笙笑道：「公事公辦，孟科長要看貨才說定交易，這個我們是十分諒解的。不過……」孟希禮覺得這是硬轉彎的話，頗有點不入耳，將頭一擺道：「陶先生，你不要以為我們付了五十萬元支票的定錢，我們就得無條件成交，我們可是一個電話，可以叫銀行止兌的呀。支票是明天的日期，你們還沒有考慮到吧?」他說著，臉上表示淡淡的神氣，噴出一口煙。接著道：「我看，這買賣有點做不成。」

陶伯笙先是怔了一怔。最後他一轉念，不要信他，果然他不願成交，他就不來赴這個約會了。因笑道：「這件事，總希望孟科長幫忙，辦理成功，至於應當怎樣地開寫收據，只要孟科長交代得過去，我們一定照辦。」孟科長聽了這話，臉上略微泛出了一點笑意，點點頭道：「那自然不能相瞞。現在的公務員，都是十分清苦的，誰也不能不在薪水以外，找一點補貼。你們打算怎樣開收據，加一成，還是加二成?」說到這裡，他嘴角向上翹著，笑意是更深了。

陶伯笙道：「我不是說了嗎?只要孟科長公事交代得過去，無論加幾成，我們都肯寫。」孟科長擺了兩擺頭，微笑道：「現在的長官，比我們小職員精靈得多了，休說加二成，加一成也不容易，而況經手的人，也不止兄弟一人。」

陶伯笙在三言兩語之間，就很知道他的意思了，便悄悄地將口袋裡那個紙包掏出來，揑在手上，向孟科長中山服的衣袋裡一塞，低聲笑道：「范先生說，他在熟銀樓裡買了一隻最新式樣的鐲子，份量是一兩四錢，沒有再重的了，因為現在的首飾都取的是精巧一路。這點東西，不成敬意，請孟科長帶回去，轉送給太太。」孟科長哎呀了一聲，身子向上一升，像有點驚訝的樣子。

陶伯笙兩手將孟希禮按住，輕輕道地：「不要客氣，不要客氣，收下就是。」孟科長的衣袋裡，放下去了一兩多金子，決沒有不感覺之理，那重量由他觸覺上反映到臉上來，笑容已是無法忍住，直伸到兩條眉峰尖上。陶伯笙依然按住他的身體，點著頭笑道：「請坐請坐。我們還是談談生意經吧。」孟希禮笑道：「那沒有問題，我們的支票已經開出去了，還有什麼變化嗎?你和我們魏先生是老鄰居，一切都好商量。」

陶伯笙見大事已經成就，將孟科長約回到原來的座位上坐著。范寶華敬上一支菸來，孟希禮起了身微彎了腰接著，笑道：「不要客氣，不要客氣，我們一見如故，隨便談話，不要受什麼拘束。喂！端本，我們吃了點心，不必回去了，就徑直地陪著范先生去看貨。東西是早晚市價不同，人家既然將貨脫手，我們早點成交，讓人家好調動頭寸去辦正事。」范寶華聽了這口風，心下就想著，這小子在幾分鐘之內，口風就完全不同，沒有什麼不能對付的了，於是也放下滿臉的笑容，和孟魏二人周旋著。

二十分鐘之後，索性價格回扣全作定了。議定了是貨價八百四十萬，收據開九百六十萬。在座的人，算是個個都有了收入，無不起勁。吃過點心，大家一路去看貨，自然有什麼不好的地方，孟科長也不加挑剔。上午回到機關裡去，就給司長作了一個報告。並在報告後簽呈了意見，說是這些貨物，比市價要便宜百分之三十，機會不可錯過。

司長看過了報告，把孟科長叫到自己單獨的辦公室裡問話。孟希禮又道：「這價錢還可以抹掉他一點。我們儘管開九百六十萬的支票，也可以要回他九百六十萬的收據。我盡量去交涉，也許可以收回幾十萬現款。」司長微笑了一笑，並沒有作聲。孟希禮正著顏色道：「那麼請司長向部長上個簽呈……」司長搖搖頭道：「不用，部長已給我全權辦理了。下午你就去進行吧。我通知會計科立刻和你開支票。」孟希禮帶著三分的微笑，向司長鞠了個躬，退出去了。

這日下午，孟魏二人親自出動，把范寶華拋出的三桶洋釘和一些鋼鐵材料，抬進了機關，然後再找著陶李二人到范寶華寫字間裡交款。他們為了拿回扣的便利，在銀行裡換了一張八百萬元的支票，另取得一百六十萬現款。這一百六十萬的現款，是陶伯笙二十五萬，李步祥十五萬，孟希禮帶回一百萬與司長俵分，給了魏端本二十萬。

魏先生對這種分贓辦法，雖是不滿，可是權操在司長科長手上，若是不服，可能影響到自己的飯碗，默然的將二十萬元鈔票，揣進大皮包，五分高興，五分不高興，走回家去。到了家裡，徑直地走入臥室，將皮包向桌子上一放，嘆了一口氣道：「為誰辛苦為誰忙？」說著把頭上帽子取下，向床上一扔。在衣口袋裡拿出紙菸盒來，取了一支，在桌上慢慢地頓著。

魏太太是知道他今天出去，有油水可撈的，再看到放在桌上的皮包，肚瓤子鼓了起來，分明是裡面有貨。這就立刻找到了火柴盒，擦了一支火柴，站到他面前，給他點上菸，向他瞟了一眼，然後微笑道：「難道你會一點都沒有撈著嗎？」魏端本噴著一口煙道：「若是一點也撈不到，下次還想我們和司長科長跑腿嗎？我們共總是得一百二十萬回扣。我拿了個零頭，司長和科長坐撈一百萬。這個不算，范寶華還送了老孟一隻金鐲子。」說著，坐了下去，手一拍桌子道：「當小公務員的該死！」

魏太太笑道：「你不要發牢騷。這二十萬元，我不分潤你的，你到拍賣行裡去買套西服穿吧。我最近認識了朱四奶奶，有機會托她另給你找一個好差事。」魏端本聽了這話，突然站起來，望了她的臉道：「朱四奶奶？你認得她？你在什麼地方認識她的？你居然認識她？」

魏太太被他注視著，又一連串地問著，倒不知道他是什麼意思。笑問道：「這有什麼稀奇嗎？她也並不是院長部長，見不著的大人物。」魏端本道：「重慶市上有三位女杰，一位是李八奶奶，一位是田專員，還有一位就是朱四奶奶了。她們是三教九流，什麼人都可以拉得上交情。可是在她一處的人，只有被她利用的，沒有人家利用她之理。那是位危險人物，你和她拉交情，我有點害怕。你在什麼地方見著她的？」

魏太太笑道：「什麼事這樣大驚小怪？我在羅太太家裡會著她的。她也是很平凡的一位年輕女太太，對人很和氣的，有什麼危險？」魏端本道：「唯其是小姐太太們看不出她危險，那就是太危險了。你是在跳舞會場上遇到她的？怎麼早不對我說？」他說著話時，眼睛瞪了多大，取下嘴裡吸的菸支，用手指夾著只管向地面彈灰，另一隻手扶住了桌沿，好像要使出很大的力氣。

魏太太不免將身子向後退了半步，很氣餒的樣子，在嗓子眼裡，輕輕地格格了兩聲，笑道：「這有什麼可驚異的嗎？」說著，她右手扶了桌沿，左手撫摩了鬢髮，接著道：「我幾時會跳舞？而且羅太太家裡，也沒有舞廳。實對你說了吧，我們在一處，打過一場小牌。我也是久聞大名，如雷貫耳，她肯加入我們那個團體打小牌，我還奇怪著呢。」

魏先生聽了這個報告，像是心裡拴著的石頭落下了一塊。又把紙菸送到嘴裡吸了。撐住桌沿的那隻手也提了起來，半環在胸前。因道：「那倒罷了。你要知道，朱四奶奶肯加入小賭場，那還是她的厲害之處。大賭博場上的人，朱四奶奶能得的巨額支票，鑽石戒指，乃類似這樣東西的，誘惑不到人家。只有小賭場上的太太小姐們還需要這個。她也就可以拿這個收羅人才。她哪裡是去賭錢，她是一隻獵狗，出來巡獵。像你這樣的人，正是她這獵狗的好獵物。」

魏太太聽到這裡，自然有幾分明白，但還是裝成不知道。因笑道：「她也是個女人，怕什麼的？」魏端本道：「正因為大家存了這麼一種思想，以為她是個女人不必怕她，那就被她獵著了。」魏太太笑道：「你不必擔心害怕，我成了個老太婆了，沒有人要我。你既然怕人家獵了我去，我自此以後，不和朱四奶奶見面就是了。」魏先生笑道：「我說句勸你的話，你又會覺得不入耳了。我說賭博場上，不光是輸贏幾個錢的事，小則喪失和氣，大則人命關天，全可以發生。」

魏太太笑道：「原來你怕我又輸掉你這二十萬元。」說著，伸手拍了兩下皮包。接著道：「我絕不動用你一文。你不是一宣布有二十萬元，我也就宣布不用你一文嗎？」魏端本道：「既然這樣，我索性和你訂個條約。這二十萬元，我們都不用，趁著現在黃金還沒有加價，我們去儲蓄二兩黃金。你上次儲蓄二兩黃金，還費了那麼大的事。這次我們痛痛快快地，就儲蓄十兩。此外還有一個讓你滿意的地方，就是這定單開你田佩芝的名字。」說著，打開皮包，將那二十萬元鈔票取出，雙手交給太太。錢遞過去了，他可正了顏色望著她道：「我站在夫妻一條心上，完全信任你。你就再托隔壁老陶，和你去定十兩黃金。可千萬別拿去賭輸了。勝利是一天近似一天了。我們知道在重慶還能住多久，不能不預備一點川資。你若是不信我的話，把二十萬元……」

魏太太不等他說完，將二十萬元鈔票，捧著向桌上一拋，板了臉子道：「錢在這裡，我分文未動。你全數拿了回去吧。」說畢，環抱了兩手，坐在方凳上繃著臉子，很是帶了三分怒氣。魏端本笑著鞠了半個躬。因笑道：「囉！說來了，你就來了。你不要誤會我的意思。我完全對你是一番好意，希望你手上能把握著十兩金子。」

魏太太道：「十兩金子，什麼稀奇？你一輩子都是豆大的眼光。」魏端本道：「誠然十兩金子，在這個金子潮中算不了什麼。可是二兩金子，你不還是很上勁地在儲蓄嗎？」

魏太太道：「那是我……那是我……」她交代不出個所以然來，撲哧一聲地笑了。魏端本笑道：「不要多說了，多說著又引起彼此的誤會。錢交給你了。我忙了一天，晚飯還沒有下肚，該出去加點油了。」他這樣說著，倒十分地表示大方，拿著帽子戴起就出去了。

魏太太坐在桌子旁邊，不免對那二十萬元鈔票，呆呆地望了一陣。最後她站起身來，情不自禁地把那幾小捆鈔票拿了過來，點了兩點數目，就在這時，楊嫂進來了，站在房門口，將身子縮了一縮，笑道：「朗個多鈔票！」

魏太太道：「有什麼了不得？二十萬元罷了。照市價，三兩多金子。」楊嫂看看主人，並不需要自己避嫌疑，這才緩緩地走到屋子裡，挨了桌子站定，笑道：「現在無論啥子事都談金子，我們在重慶朗個多年，金子屎也沒得一滴滴。改天太太跟我打一場牌嗎，邀個幾千塊錢頭子，我也搞個金箍子戴戴嗎！」

魏太太笑道：「這倒也並不是難事，可是我們家裡亂七八糟。人家公館裡的茅房，也比我們的臥室好些，我怎能夠邀人到我們家來打牌？你希望我哪天大贏一場吧。我贏了，乾脆，我就送你一隻戒指得了。」楊嫂聽說，把她那黃胖的臉子，笑得肥肉向下一沉，兩隻眼角，同時放射出許多魚尾紋來。將手撫摸著她的鴨屁股短髮，簡直有點不知手足所措的樣子。

魏太太也是小孩子脾氣，看到她這樣的歡喜，索性把話來撩撥她兩句，因將嘴向她身上那件藍布大衫努了一下，笑道：「你這件大褂子也該換了，只要我贏錢，我再送你一件。」楊嫂笑道：「那還是啥子話說？我作夢都會笑醒來喀。」她高興得不僅是摸鴨屁股頭髮了，在屋子裡找事作，將桌子上東西清理清理，又將床上被縟牽扯得整齊，心裡是不住的在想法子，這要怎樣的才能夠討得太太的歡喜哩？她忽然想起一件事來，便笑道：「太太你要買金子，托那個姓范的嗎？他說，魏先生魏太太都是很講交情的，他只請了一回客，你們就介紹他作成了一筆大生意，改天他一定要送禮謝謝。」

魏太太道：「是的，他請我們吃過一頓消夜。先生和他介紹這筆生意，那也不過是機會碰上的罷了。一個大東，就拉八百萬的大生意，天下哪有這樣便宜的事？但是你在哪裡聽到他說這話？」楊嫂道：「還不是在隔壁陶家碰到他？他還問魏先生魏太太喜歡些啥子。看那樣子，硬是要送禮喀。你不是還欠他兩萬元嗎？你試試，你送還他，他一定不要喀。」

魏太太道：「不是你提起，我倒忘記了。果然的，我明天把這兩萬元送還人家。等我把錢用完了，我又還不起人家了。明天你提醒我一聲，別讓我忘了。」楊嫂覺得居然在主婦面前作出一些成績，心中自是高興，她更考慮得周到，在魏端本面前，並不再提。

次日早上，魏端本吃過早點辦公去了。她就向主婦笑道：「昨晚上你叫我提醒一聲的事，記得嗎？」魏太太笑道：「我根本就忘了。」楊嫂道：「你把錢送去還他吧。他賺了千打千萬，這兩萬元，他好意思收你的嗎？」魏太太聽了，覺得她這種見解，頗為不錯，把那二十萬元鈔票都帶在身上，披上大衣，夾了皮包，就向范寶華寫字間裡來。

他那房門，倒是洞開著，伸頭一張望，就看到老范兩腳架在寫字臺上，人仰在椅子上，兩手捧了報在看。他似乎已聽到女人的皮鞋跟響，放下報來，抬頭一望，立刻將報摔在地板上跳了起來笑道：「歡迎歡迎！」魏太太手扶著門，笑問道：「我不打攪你辦公嗎？」范寶華笑道：「我辦什麼公？守株待兔，無非是等生意人接頭。」魏太太笑道：「那麼，我是一隻小白兔。」她說著話走了進來。

范寶華笑道：「沒有的話，沒有的話，我說的是生意人，請坐請坐。」魏太太倒並不坐下，將皮包放在寫字臺上，打開來，取出兩疊鈔票，送到老范面前，笑道：「真對不起，你那兩萬元，我直……」范寶華不等她說完，將鈔票拿著，依然塞到她手上去，笑道：「這點款子，何足掛齒？這次一票生意，魏先生對我的忙就幫大了。老劉，快倒茶來！」說著，昂了頭向外叫人。

魏太太搖著手道：「你不用招待，我有事，馬上要走。」范寶華伸著五個指頭，向她一照，笑道：「請你等五分鐘吧，我有一個好消息告訴你。」魏太太聽說有好消息，而又只要等五分鐘，自然也就等下來了。

第二回　安排下釣餌

魏太太和范寶華，雖不能說是好朋友，可是共同賭博的時候很多，也就很熟了。范寶華請她等五分鐘，這交情自然是有，便在寫字臺對面沙發上坐下，笑道：「范先生有什麼事見教嗎？」范寶華道：「今天下午，朱四奶奶家裡有一個聚會，你知道不知道？」

魏太太已得了丈夫的明示，朱四奶奶是不可接近的人物，聽了這話，未免在臉上微微泛起一陣紅暈，因笑道：「我和她也就是上次在羅太太家裡共過一回場面。我們談不上交情，她不會通知我的。」范寶華道：「朱四奶奶廣結廣交，什麼人去，她都歡迎。」

魏太太道：「我是個不會應酬的人，無緣無故地到人家家裡去，那也乏味得很。」說到這裡，男傭工進屋來倒茶。范寶華按下對客談話，就向那男傭工道：「我托賈先生預備的那批款子，你和我取了來。」男傭工點著頭去了。

范寶華又向魏太太道：「我忘記交代一句話，朱四奶奶公館裡，今天下午這個約會，全是女客，不招待男賓。據說是她找到一位好蘇州廚子，許多小姐太太們，要試試這蘇州廚子的手藝，她就約了日子，分期招待，今天已是第三批了。招待之前，少不了來點娛樂，大概是兩小時唆哈。魏太太何妨去瞧瞧。」魏太太笑著搖搖頭。

范寶華笑道：「你拘謹什麼？羅太太她就老早地過江來了。」魏太太道：「你怎麼知道的？」范寶華笑道：「她已經在我這裡拿了十五萬元作賭本去了。不然，我怎麼會知道這件事的呢？」魏太太笑道：「我和羅太太怎能打比？第一，她皮包裡方便。第二，她和朱四奶奶認識。」范寶華道：「你說的這兩件事，都不成問題。第一，她皮包內並不比你有錢。這個我能作證明。她要是有錢，還會到我這裡來借賭本嗎？第二，她和朱四奶奶認識，難道你和朱四奶奶不認識嗎？」

魏太太正想對這事加以辯駁，那個男傭工，卻捧了個大紙包進來，放在寫字臺上。范寶華從從容容地將報紙包打開，裡面卻是大一捆小一捆的鈔票。若每小捆以一萬計，這當然是三四十萬元，甚至還多。范寶華將這些鈔票，略微看了一看，把寫字臺的抽屜打開，將鈔票一捆一捆的向裡送，送完了順便將抽屜關上。在正中抽屜裡摸出一把鑰匙，向空中一拋，然後又接上。卻向男傭工笑道：「幸而我有兩把鑰匙。不然的話，你把那鑰匙落了，現在教我怎辦？」說著，將裝鈔票的抽屜鎖上，鑰匙依然揣到西服褲岔袋裡去。

魏太太聽到范先生提起丟鑰匙的話，心房就是一陣跳動。聯想著自己的臉腮，恐怕也會發紅，這就把自己手提皮包開開，低著頭，清理皮包的東西。范寶華鎖好了抽屜，這就向她笑道：「魏太太，我和你建議，今天可以去參加朱四奶奶的聚會。我知道，在那裡打牌的，都不是名手。你這一陣子，很少贏錢。今天倒是可以出馬，撈它一筆回來。好在有羅太太在場，你有一個顧問，是不是我說的這情形，你可以向她打聽一下。若是果然不錯，她總也可以作你這個參謀的。據羅太太說，胡太太昨天就在朱四奶奶家裡玩過一場的。不過是三個半小時，足足的贏了四十萬，據說，參加的是百分之百的外行小姐。」

魏太太笑道：「范先生說得那樣容易，好像到朱四奶奶家裡去，就有錢撿著似的。」范寶華道：「這話並非我憑空揑造，你如不信，可去問問胡太太。」魏太太笑道：「好吧，若是朱四奶奶約到我家頭上來的話，我也不妨去碰碰運氣。這兩萬元，是范先生借給我的錢，我已是拖延了日子了。不必客氣，請收下吧。」說著，將那兩小疊鈔票，還是擺到寫字臺上。

范寶華站著，笑了向她微微一鞠躬，因道：「不錯，是你暫時移用的一點款子，在昨日以前，你還我這筆錢，我不必假客氣，我就收下了。到了今天，這兩萬元的小款，我還要斤斤較量，我這人就太不識好歹。老實說，現在作成一批八百萬元的生意，那是很要花銷一筆用費的。這次我要實得八百萬元，分文不短，就得了八百萬元。事先，我僅僅是請孟科長和魏先生吃了一頓早點另送了孟科長太太一隻金鐲子，我的花銷，實在太小了。這兩萬元，也不過是打兩枚金戒指，算不了什麼。我幹折了，怎麼樣？改天我再請魏先生魏太太吃飯。」說著，又抱著拳頭，奉了幾個小揖。

魏太太看他滿臉是笑意，這不但是抽屜裡鈔票公案，他絲毫不見疑，而且很有感謝之意。家裡楊嫂說的話，倒完全是合了拍的。便兩手按了手皮包在寫字臺上，站著望了他笑道：「這倒讓我為了難了，我放下不好，收回去也不好。」范寶華笑道：「我的話已完全說明白了，還用得著我解釋嗎？你要放下也可以，那我得另添一筆錢，再去買東西送你。你原是好意，這樣一來，是讓我更多的花錢了。」魏太太向他笑了一笑，也就把那兩疊鈔票，再收回到皮包裡去。范寶華笑道：「魏太太，你若是大獲全勝的話，可別忘了是我的建議。」魏太太覺得也無其他的話可說，點了個頭，說聲多謝，也就告辭了。

不過范寶華最後這句話，可給予了她的印象很深，彷彿這一到朱四奶奶家裡去，就可以撿上一大筆。自己在馬路上走著，自己想著心事，假使能夠贏他個二三十萬元，把皮包裡的鈔票，再翻上一個身，未嘗不是一件好事？心裡這麼一動，這個走路的方向，不知不覺地就走向胡太太家裡去。

到她家還有幾戶人家，迎頭就遇到了羅太太。她一把將魏太太拉著，笑道：「你到哪裡去？」魏太太笑道：「你今天不是有一個很好的聚會嗎？怎麼到這裡來了？」羅太太笑道：「果然有個聚會，你怎麼知道的？」魏太太笑道：「有人約會你，難道說我消息都得不著嗎？」羅太太笑道：「朱四奶奶也通知了你嗎？那好極了，我們一塊兒去吧。」說時，挽了魏太太的手就走。

魏太太笑道：「人家又沒有約我，我自己走了去算個什麼？」羅太太道：「沒關係。朱四奶奶廣結廣交，也不在乎你這個人。你就和她一面不識，她也歡迎你去的。你既和她認識，一定她是雙倍的歡迎。」她一面說著，一面拉了魏太太的手走，魏太太也就情不自禁地跟了她走。

這朱四奶奶的家，雖也在重慶市區，可是她家的環境，卻是在嘉陵江岸邊一個山林區，終年是綠色圍繞著。為了對於空襲的掩護，朱四奶奶住的這座洋樓，用深灰色粉刷著牆壁，將芽黃色的樓廊，掩藏在裡面。這芽黃色的樓廊，裡面又是碧綠色的窗櫺和門戶，顏色是非常的調和美麗。魏羅兩位太太坐了轎子順著一條石板下坡路，向朱公館走來，隔了一片樹林子，在綠樹的樹梢上就可以看到那精緻的樓房。羅太太一指，笑道：「這就是朱四奶奶家裡。」魏太太就出乎意外地說了一聲這樣好。

到了那門口，一道短圍牆，圍了一方小花圃。一棵胭脂千葉桃花和一棵白色的簇擁的開著。半遮掩了東部走廊。西部卻是十幾棵芭蕉，綠葉陰陰的，遮住半邊屋子。在重慶住著吊樓的太太，過的是雞窠生活。到胡太太家裡去，看到她那小巧的平式洋房，已覺是天上人間，於今見到這花團錦簇的公館，便立刻想到，有這樣住好洋房的女朋友，為什麼不結交呢？慢說可以求朱四奶奶作點幫助，就是偶然來坐坐，精神也痛快一陣吧？

這樣想時，轎子已在門口停下。那朱四奶奶很樸素地穿了件藍布罩衫，正伏在樓欄杆上向下望著，立刻招招手笑道：「歡迎歡迎。」魏太太向樓上點著頭道：「在路上遇到羅太太，說是到府上來，我就跟著來拜訪，不嫌來得冒昧一點嗎？」朱四奶奶道：「喲！怎麼說這樣客氣的話？接都接不到的。」她說著，扭轉身就迎下樓來。她歡迎魏太太的程度，遠在歡迎羅太太之上，已首先跑向前來，握著魏太太的手，笑道：「我原是想到請你來的，可是我們交情太淺了，我冒昧地請你來，恐怕碰你的釘子。」魏太太連說言重。

朱四奶奶著實周旋了一陣，這才去和羅太太說話，一手拉著二位，同走進屋子去。她後面就跟著兩個穿藍罩衫，繫著白圍襟的老媽子。他們首先走到樓下客廳，裡面有重慶最缺少的絨面沙發，紫檀架子的穿衣鏡，以及寸來厚的地毯，其餘重慶可以蒐羅得到的陳設，自是應有盡有。在客廳的一邊，上有北平式的雕花木隔扇，在這正中，垂著極長極寬的紅綢帳幔，在那帳幔中間，露著一條縫，可以看到那裡面地板光滑如油，是一座舞廳。

朱四奶奶只是讓兩位站了一站，笑道：「都在樓上，還是上樓去坐吧。」於是又引著兩位女客上樓。到了樓上，又是陳設華麗的一座客廳，但那布置，卻專門是給予客人一種便利與舒適。沿了四周的牆，布置著紫漆皮面沙發。每兩張沙發，間隔著一張茶几，上面陳設著糖果花生仁等乾果碟子。正中一張圓桌，鋪著白綢繡花的桌毯，有兩個彩花大瓷盤，擺著堆山似的水果。牆上嵌著各式的大小花瓷盤與瓷瓶，全供著各色鮮花。那鮮花正象徵著在座的女賓，全是二三十歲的摩登女子，花綢的衣服，與脂粉塗滿著的臉，花色花香，和人身上的香氣，在這屋子裡融合到一處。

朱四奶奶一一地介紹著，其中有三位小姐，四位太太，看她們的情形，都也是大家眷屬，魏端本原來所顧慮到的那些問題，完全是神經過敏。魏太太這也就放下那顆不安的心，和太太小姐們在一處談話。

朱四奶奶待客，不但是殷勤，而且是周到。剛坐下，就問是要喝咖啡，或是可可？客人點定了，將飲料送上來，又是一道下茶的巧克力糖。喝完了這道飲料，四奶奶就問是打撲克呢？還是打麻將呢？女賓都說人多，還是唆哈好，於是主人將客人引進另一間屋子裡。這屋子裡設著一張鋪好了花桌毯的圓桌，而且圍了桌子的，全是彈簧椅子。

在重慶打牌，實在也是很少遇到這種場合的。魏太太看了看這排場，根本也就不必謙遜，隨同著女客們一同坐下。朱四奶奶本人，卻不加入，只是督率著傭人，進出地招待。魏太太雖是聽了范寶華的話，這是個贏錢的機會，可是竟不敢大意，上場還是抱了個穩紮穩打的戰術，並不下大注。在半小時之後，也就把這些女賭友的情形看出來了。除了兩位年長些的太太，比較精明一點，其餘全是胡來。就是穩紮穩打，也贏了四五萬元。自己皮包裡，本就有二十萬元。在她自己的賭博史上，這是賭本充足的一次。兵精糧足，大可放手做去，因此一轉念之下，作風就變了。

小小地贏了兩三次，便值朱公館開飯，停了手了。她們家的飯廳，設在樓下。那裡的桌椅，全是漆著乳白色的，兩旁的玻璃櫥，裡面成疊地放著精緻的碗碟瓶罐，不是玻璃的，就是細瓷的，早是光彩奪目。魏太太這又想著，人家這樣有錢，還會幹什麼下流的事嗎？丈夫實在是誣衊人家了。

坐下來之後，每位女賓的面前，都是象牙筷子，賽銀的酒杯，此外是全套的細瓷器具。重慶餐館裡的擦杯筷方紙，早改用土紙六七年了，而朱四奶奶家裡，卻用的是印有花紋的白粉籤。這樣，她又推想到吃的菜，不會不好。果然，那第一道菜，一尺二直徑的大彩花瓷盤裡，什錦拼盤，就覺得有幾樣不識的菜。

其中一位趙太太，兩手交叉著環放在桌上，對盤子注意了一下，笑道：「那長條兒的，是龍鬚菜嗎？」朱四奶奶微笑道：「這是沒有代用品的。」趙太太道：「那麼，那切著白片兒的，是鮑魚？」朱四奶奶道：「對的。我得著也不多，留著以供同好。」趙太太道：「這太好了。我至少有七八年沒有吃過這東西了。重慶市上，就是那些部長家裡，也未必辦得出這種拼盤出來吧？往後的正菜，應該都是七八年再相逢的珍品吧？」朱四奶奶微笑道：「這無非是些罐頭罷了，魚翅魚皮可沒有。我叫廚子預備了兩樣海味，一樣是蝦子燒海參，一樣是白扒魷魚。這在重慶市上也很普遍了。」她說時，臉上帶著幾分得意的微笑。

魏太太一看這情形，越覺得朱四奶奶場面偉大，在這種場合，就少說話以免露怯。再說，自己這身衣服，不但和同席的太太小姐比不上，就是人家穿的皮鞋，拿的手絹，也無不比自己高明得多，更不用說人家戴著佩著的珠寶鑽石了。可是她這樣的自慚形穢，朱四奶奶卻對她特別客氣，不住地把話兜攬，而且斟滿了一杯酒向她高舉道：「歡迎這位新朋友。」魏太太雖不知道人家為什麼特別垂青，但是絕不能那樣不識抬舉，也就陪著乾了一杯，也就為了主人這樣殷勤，不能不在主人家裡陪著客人盡歡，繼續地喝了幾杯。

飯後，繼續的打唆哈。魏太太有了幾分酒意，又倚恃著皮包裡有二十四五萬元，便放開膽子賭下去，要足足地贏一筆錢。不想飯後的牌風，與飯前絕對不同，越來大注子拼，越是輸錢。兩小時賭下來，除了將皮包裡的現鈔輸光，而且還要向羅太太移款來賭。

那主人朱四奶奶真是慷慨結交，看到魏太太輸多了，自動地拿了十萬元鈔票，送到她面前笑道：「我們合夥吧。你打下去，這後半截的本錢，由我來擔任了。」魏太太正覺得一萬五千的和羅太太臨時移動，實在受著拘束，有了這大批的接濟，很可以壯膽。便笑道：「合夥不大好，豈不是我站在泥塘裡的人，拖四奶奶下水。」四奶奶她站在桌子邊，在幾上的碟子裡取了一塊巧克力糖，從容地剝了紙向嘴裡放著。微笑道：「這幾個錢，也太值不得掛齒了。你打下去就是，怎麼算都好，沒關係。」看她那意思，竟是站在同情的立場上，送了十萬元來賭。心裡自是十分感激，但為了表示自己的身分起見，就點點頭道：「好的，回頭再說。」於是拿了這十萬元又賭下去。

賭到六點多鐘約定的時間，已經屆滿。魏太太是前後共輸二十九萬五千元。最先贏的五萬元，算是釣魚的釣餌，把自己的錢全給釣去了。終算在朱四奶奶這裡，繃得個面子，不便要求繼續地賭，而且自己已負了十萬元的債，根本沒有了賭本。看到其他女賓嘻嘻哈哈道謝告辭。

朱四奶奶握著她的手，送到大門口，笑著表示很親熱的樣子。因道：「真是對不起，讓魏太太損失了這樣多的錢。」魏太太笑道：「沒有什麼，賭錢不總有個輸贏嗎？還有四奶奶那十萬元。」四奶奶不等她說完，就含笑攔著道：「那太不成問題了。我不是說合夥的嗎？不要再提了。我這裡，大概三五天總有一個小局面。魏太太若高興消遣，儘管來。下次，我好好地和你作參謀，也許可以撈本。」說著，握了她的手，搖撼了一陣。

魏太太在女主人的溫暖下，也就帶了笑，告辭出去。是羅太太同她來的，還是羅太太陪著她一路走去。

魏太太夾了她那空空如洗的手提皮包，將那件薄呢大衣，歪斜地披在身上。她還是上午出來時候化的妝，在朱四奶奶家裡鏖戰了五六小時，胭脂褪了色，粉也退落了，她的皮膚雖是細白的，這時卻也顯出了黃黃的顏色，她那雙眼睛，原是明亮的，現在不免垂下了眼毛，發著枯澀，走路的步子，也不整齊，高一步低一步，透著不自然。但她保持緘默，卻是什麼話也不說。

羅太太隨了她後面，很走著一截路，才低聲問道：「魏太太，你輸了多少？」她打了一個淡哈哈，笑道：「慘了，連上午贏的在內，下午共輸三十五萬。你保了本嗎？」羅太太道：「還不錯，贏了幾千塊錢。我今天輸不得，是借得范先生的賭本。這錢不能放在手上，我趕緊送還他去吧。」魏太太道：「他最近作了一筆生意，賺了八九百萬，十來萬元，他太不在乎。」羅太太道：「他倒是不會催我還錢。不過這錢放在我手上，說不定再賭一場，若是輸了的話，自己又負了一筆債。」魏太太道：「這話不對。你今天若是輸了，不已經負上一筆債了嗎？」羅太太笑道：「我猜著今天是可以大贏一筆的。這幾位牌角，的確本領不高明。可是我們兩人的手氣都不好，這也就是時也命也了。」魏太太輕輕地嘆了口氣，也沒說什麼，到了大街上各自回家。

魏太太到了家，兩個小孩子，就把她包圍了。娟娟大一點，能說出她的要求，便扯著母親的後衣襟。叫道：「媽，你有那樣多鈔票，買了些什麼回來給我吃？」小渝兒更是亂扯著她的大衣擺，叫道：「我要吃糖，我要吃糖！」魏太太看到這兩個孩子的要求，心裡倒向下一落，將手上的皮包，向桌上一丟，將手摸了小渝兒的頭道：「媽媽沒有上街，沒有給你們買吃的。」

楊嫂站在房門口，先對女主人的臉色看了一看，因問道：「啥子都沒有買，兩個娃兒，望了好大一天喀。」魏太太道：「你沒有給他們買一點吃的嗎？」楊嫂道：「買了兩個燒餅把他們吃。他們等你買好的來吃喀。」魏太太軟綿綿地在床沿上坐下，微微地嘆了口氣。

楊嫂道：「大概是又輸了吧？」魏太太道：「這一陣子，也不知道是怎麼回事？賭一回輸一回。」楊嫂好失驚的樣子，瞪了眼望著她道：「郎個說？二十多萬，這半天工夫，你都輸光了。十兩金子都送把人家，硬是作孽。」魏太太紅了臉，站起來道：「沒有沒有，哪會輸這樣多，也不過輸了一兩萬塊錢，先生回來你不要對他說。」楊嫂道：「我想，你也不能郎個大意。先生費好大的事喲，賺來了二十萬，你連一包花生米子也沒有吃，就別別脫脫輸了，別個賺來的錢，不心痛嗎？先生賺的錢，還不就是你的錢。」

魏太太突然站立起來，將桌上的皮包拿了過來，夾在肋下，板了臉道：「不要說了，不要說了。我出去，給他們買東西來吃就是了。」說著，就向外走。剛走到大門口，就遇到魏端本夾了皮包，下班回來。他老遠地帶了笑容道：「佩芝，不要走了，我們一路出去看一場電影。緊張了兩三天，該輕鬆一晚上了。」

魏太太站在屋簷下，躊躇了一會子，她的觸覺很敏銳的，摸到手裡的皮包，裡面是空空的，份量是輕飄飄的。不免對丈夫很快地看了一眼。魏端本道：「你又要去唆哈嗎？今天是本錢充足得很。」說著，他已走近了兩步，低聲笑道：「你可別忘了預備買十兩金子。」魏太太道：「我去和小孩子買點糖來，錢在家裡收著呢。」魏端本笑道：「我想你今天也許不會賭，難道真的不為自己生活打算嗎，你快去快回，我等著你回來一路去看電影。」魏太太不能再說什麼，低著頭走了。

第三回　入了陷籠

魏太太對於這一場賭，不但覺得輸得太冤，而且對於那二十萬元現鈔，什麼事情沒辦，也非常地懊悔。丈夫是一團高興，要慶祝這二十萬元的意外收穫，哪裡知道已經把它輸得精光？這話怎麼去交代？上次輸了丈夫一大筆公款，是自己作了一回虧心事，把范寶華的一筆錢偷來補充了，幸是沒人知道，把那場大禍隱瞞過去，現在卻到哪裡去再找這樣大批的鈔票？

她心裡這樣想著，兩隻腳不必她指揮，還是向上次找到鈔票的所在走去，她心裡是這樣地想著，今天上午，又看到老范將大批的鈔票塞進那個抽屜，開那抽屜的鑰匙，還藏在內衣袋裡呢。她走著，將手伸到衣服裡面去，就摸索了幾回。果然，那小衣的口袋裡，一串鑰匙依然存在。

她轉了個念頭了，管他呢，再去偷他一次。姓范的這傢伙，發的是國難財。他雖不是偷來的錢，囤積居奇，簡直是搶來的錢，應該是比偷來的錢還要不義，對於這種人，無所用其客氣。如此想著，腳步就加快了走。她最後的想法，教她不必有何考慮，徑直地走向范寶華的寫字間來。

這寫字間，是在一所洋房的二層樓，雖是來得相當的熟了，可是到了這樣房的大門口，她自己不知道是什麼原由，卻躊躇起來。在大街上望了那立體式的四層樓洋房，步子就緩下來了。她心想這麼大模大樣地走了進去，人家不會疑心這個陌生的女人，到這裡來幹什麼？若是真有人問起來，這是教人無法答覆的。

慢慢地走去，漸漸地畏怯起來，到了這樣房大門口，不由得站著停了一停。她這麼一停，路旁乘機待發的叫化子，就有一大一小，迎了上前，站在身子前後，放出可憐的樣子，發出哼聲哀求著道：「太太，行好吧。賞兩張票子我們花吧。明裡去，暗中來。」魏太太聽了這話，心中一動，不免向他們看了一眼。問道：「什麼叫暗中來？」大叫花子道：「太太，你是正人君子嗎，正大光明嗎，老天爺暗中保佑你嗎。」魏太太倒不想這個叫化子還能說出這麼一套話。於是，在身上掏出一張發票子扔給了他們轉身就走了。

她這一陣發脾氣，放開了腳步走，就搶過了洋房的大門。心裡同時想著，這麼一所大樓，必定有後門，既是要避人看見，那就是找著後門進去為妙。她這麼想著，就注意到這樣樓的周圍，是否有橫巷。果然，在去這樓房不到十家鋪面的所在，發現了一條橫巷子，由這巷子穿過去更有一條小橫街。她看準了方向，在這條小橫街上向回走。她估計著還有十來家門戶，就站住腳打量著形勢。這裡卻是一爿極小的裁縫鋪，由那裁縫鋪上，向前看去，似乎半空裡有一幢洋樓的影子。因為天色已經漆黑了，街上電燈反射到空中的光芒，不怎麼的強烈，那些房屋的影子，也不怎麼的清楚。

她正在出著神，這裁縫店，敞著店門窗戶，在作衣服的案板上，懸下一盞洋鐵圓片兒罩住的電燈泡。在那燈光直照的案板邊，對坐著兩個裁縫，正低頭作衣服。其中一人，偶然抬頭，在強烈的電光下，看到窗戶外一個女人影子，呆呆地站著，倒嚇了一跳。隨著站起來問道：「找哪個？」這本來也是一句普通的問話，可是魏太太正出了神，被人家突然一問，好像自己什麼漏洞被人捉住了似的，也不答話，轉身就走。

她不走人家也不去怎樣的疑心，她走得這樣地快，更是給予人家一種疑心。那裁縫放下針線，飛奔了出來，看昏黃的燈光下，剛走過去個女子，不知窗戶外站的，是不是她，倒不敢冒昧，同時，也怕是主顧，只有站在店門口屋簷下，再問了一句找哪個？魏太太也省悟過來了，便回頭看了看道：「什麼事大驚小怪，送衣服你們做。」她雖然是解釋著，可是並沒有停住腳，依然繼續地走去。

逕自走著，不覺又走上了大街。她忽然轉了個念頭，丈夫等著去同看電影呢。怎能夠儘管在街上兜圈子？但特意到這裡來了，這樣樓的大門也不進去，那是太放棄機會了。范寶華這寫字間，又不是沒有來過的，進去看看，有什麼要緊。萬一又得著上次那樣的機會，在他抽屜裡再拿走幾十萬元，不但今晚向先生交帳這一關平安地可以過去，也許可以多撈他幾十萬元。

想著，將腳在地面上一頓，表示了前往的決心，於是抄了一抄大衣領子，徑直地走進那洋樓。樓下那個貿易公司，自然是早已下班了。順著櫃檯外的盤梯走向二層樓，也並不曾遇到一個人。站在樓梯口上凝神了一會，覺得心房有點跳動，將手在胸脯上按了一按，自己叮囑了自己道：「怕什麼？這並沒有什麼犯法的事。」同時看看這樓上的夾道，除了一路幾盞電燈亮著，並沒有人影子。遠遠地看那范寶華的寫字間，房門就是微掩著的。雖然是心房有點跳動，卻又不免暗喜一陣。心想，活該，這還是有個很好機會。若是他和那個聽差，全不在屋子裡，房門必是暗鎖了的，縱然有開抽屜的鑰匙，這房門打不開，那也是枉然的。於是故意放重了步子，走著夾道的樓板一陣亂響。到那房門口站定，用手敲著門道：「范先生在這裡嗎？」

連敲了幾遍，又連喊了幾聲，裡面並沒有人答應。於是手扶了門輕輕向裡推著，伸進頭去看看。雖然屋梁上懸下來的那盞電燈是亮的，可是寫字臺上的桌燈，卻沒有光亮，屋子裡空空的，主人不在，工人也不在。魏太太心裡狂喜。想著：天下果然有這樣的巧事，讓人打著如意算盤。這一下子，又可把老范放在抽屜裡的鈔票，給他席捲一空。於是立刻趄身進去，隨手將門掩上。第二個動作，立刻奔向寫字臺，彎身去開那有鈔票的抽屜。

果然，拉了一拉抽屜環扣，不能動，還是鎖著的。這個抽屜是旁邊的第二格，上次就是在這裡有了很大的收穫。今天上午在這屋裡，也是親眼看到范寶華將幾十萬元送了進去，然後鎖著的。於是將手皮包放在桌上，伸手到懷裡去，在小衣口袋裡把鑰匙掏出。但鑰匙拿在手上，卻又不去開鎖，再回到房門口，打開房門來，伸頭向夾道看看。

見整條的夾道，還是光亮的電燈照著，空無所有。於是縮身回去，將門關上，關了不算，還把門上的插門橫插著。關了門之後，看到屋子四周是白漆粉刷，屋頂上懸下來的電燈，照見全屋子雪亮。同時，也就照見她孤零的影子，倒在樓板上。這晝夜不離的影子，誰也不會留意的，這時她回頭看了看影子，好像心裡有點動盪，也就聯想到後牆玻璃窗子是對了洋樓外的。自己在屋子裡走動，那就很可能，讓樓下的人會看到樓上的人影。這屋子的電燈開關就在門角落裡。她順手一轉電門子，屋子裡漆黑了。這給予她一種很大的便利，不但不用得去四周探望，而且那怦怦亂跳的心房，也停止不跳了。

過了兩分鐘，這屋子也就有了亮了。這亮不是本屋子裡發生的，乃是後牆的玻璃窗戶，放進來的鄰屋燈光。在那稀微的燈光下，可以看到屋子裡的桌椅陳設。她偏頭聽聽屋子外面，並沒有什麼響聲，這就放大了膽，走到寫字臺邊，摸著那第二個抽屜，伸著鑰匙，向鎖眼裡插了去。她這時發現著自己有點恐慌，那鑰匙只管在抽屜板上碰著，怎樣也對不準鎖眼，原來她這兩隻手，又在發抖。

她於是蹲下身子去，左手摸著鎖眼，右手把鑰匙插進去，她聽到鎖眼嘎咤一響，鎖是開了。她便拉著抽屜的搭扣，向外拉出來。抽屜是活動了，只拉出來二三寸，卻拉不動。伸手到裡面去掏摸著，正是裡面放著鈔票太多了，抽屜拉不出來。但她的行為到了這時，一切是刻不容緩，也絕不能罷休。於是手拉了抽屜搭扣，使勁向外一拉。這抽屜嘩啦一聲響，由裡面直跳了出來，魏太太雖然不大十分看見，但已覺得抽屜裡面的票子，有不少已蹦到了樓板上。她趕快地摸索著，全撿起來放到桌子角上。

不想越怕有聲音，越是有聲音，將鈔票捆放下的時候，恰好是將原放的一隻空茶杯子碰倒了，噹的一聲，在寫字臺上滾著。幸是有文具擋住，還不曾落下地去。

她那顆心，本就是跳著的，這響聲一起，就教她的心房跳得更厲害，而且周身的肌肉，也都隨著在跳動。但她知道這是緊要關頭，絕不能耽誤片刻，一面摸索著，一面打開皮包，將鈔票向裡面塞。皮包塞滿了，在抽屜裡摸著整捆的鈔票，向大衣袋裡揣著。大衣上兩個大口袋塞得包鼓鼓的，已不能再揣了，伸手向地面的抽屜裡摸索時，還有兩捆鈔票。她心想，哪有這樣多的鈔票，黑屋子裡胡亂地揣著，不要把紙捲兒都收起來了吧？藉著玻璃窗子外放進來的光，還可以看到寫字臺上的桌燈。她摸著拉鏈，將電燈亮著，先看拉開的抽屜，裡面果然還有兩捆鈔票。再在大衣袋裡掏出成捆的東西來看，還是鈔票。她心裡想著：今天這筆收穫，比上次的還要多，怕不有四五十萬。這真可以說是發個小財。

她一喜之下，將抽屜裡兩捆鈔票，也勉強的塞在大衣袋裡。這也來不及去上好那抽屜了。將裝滿了鈔票的皮包夾在肋下，隨手熄了電燈，打開房門，就向外走。她開這門的時候，表示著鎮定，還是緩緩地將門拉著。自己心裡也就想著：這總算人不知鬼不覺，又撈了……門拉得大半開了，卻有個男子的人影，端端正正在房門口擋住。

她嚇得身子向裡一縮，那人可隨著進來了。他第一個動作是隨手掩上了門，第二個動作，卻把電門子開了，亮著屋頂懸掛的那盞大電燈。魏太太看清楚了，那正是這屋子和鈔票的主人范寶華。他口角上銜著一支香菸，兩手插在西服褲岔袋裡，將背靠了房門，不住地微笑。他的眼光，先注視著那漲得像豬肚子似的皮包。再看撐出身外的魏太太大衣袋。

魏太太的臉都紅破了，呆了兩隻眼睛向他望著，一步步向後退，退得靠住了寫字臺。她兩行眼淚，要在眼睛裡流出來但沒有流出，那眼淚水只在眼眶裡蕩漾著。范寶華看了她這份為難的樣子，倒並不見逼，將兩隻肩膀，扛了兩下，臉上還是放出笑容，口角上的菸卷從容地冒著一縷輕煙。

魏太太看這樣子，絕對跑不出去，便抖顫了聲音，先叫了句范先生。他依然微笑著點點頭，看去並無惡意。她於是鞠了個躬道：「范先生，我真對不起你，這事做得太不夠朋友了，不過我也實在是出於不得已。」她一面說著，一面抖顫，那大衣袋裡塞不下的一捆鈔票，在寫字臺角上一擠，擠出大半截，更由於她過分的抖顫，那捆鈔票，就落在了地板上。魏太太彎腰撿了，放在寫字臺上，望了范寶華道：「范先生，你的錢我分文未動，你都收了回去。你放我走吧。我將來報你的大恩大德。」她說著，她要哭，她又不敢，只是周身發抖，肋下的皮包，也夾不住了，又落在地板上。范寶華將右手取出了嘴裡的紙菸，指著皮包道：「撿起來，有話慢慢說。」

魏太太眼望了他，半蹲著身子，伸手把那皮包拉起。然後打開皮包來，將鈔票捆掏出，要放在桌上，范寶華把紙菸扔到痰盂裡去，搖著手道：「不忙拿出來。我問你，你是不是在朱四奶奶家裡賭輸了，又到我這裡來打主意去塞你的漏洞？」

魏太太手裡捧了皮包，低著頭道：「是的。我是聽你的話，想去贏一筆錢，不想是大大的輸了。」范寶華兩手插在褲子袋裡，走過來兩步，問道：「你輸了多少？」她道：「輸了二十萬。」他哈哈笑道：「怪不得你又要耍我一手。你把你丈夫昨天弄得的一筆錢整個送掉，他白落一個貪汙的名聲了，賭實在不是一件好事。你不賭錢，這麼一個漂亮的青年太太，何至於來作賊呢？」

魏太太聽到作賊兩個字，一陣心酸，那眼淚再也忍不住，雙雙地由臉腮上直掛下來。范寶華笑道：「這是沒有辦法的事。這錢讓你拿出這幢洋房，那錢就是你的了。鈔票上我並沒有作什麼記號，我不敢說你那天衣袋裡皮包裡的錢是我的。現在人贓俱獲，你沒什麼可以狡辯的，你得承認偷了我的錢。」

魏太太流著淚道：「我承認，請你別再說了，你說我作賊，比拿刀子割我的肉還要難受。錢我都還你，請你在我身上搜查吧，除了皮包裡我原來幾千元而外，此外全是你的。你都拿回去吧。」范寶華搖搖頭道：「事情不那樣簡單。這次你偷我的錢，算是還了，上次那三十來萬呢？我捉了你這次，當然我可以把你以往所作的案子清查出來。」

魏太太道：「沒有沒有，我就是這一次。」范寶華將手由褲子袋裡抽出來，環抱在胸前，斜伸了一隻腿站著瞪了眼道：「事到於今，你還要強辯。老實告訴你，我今天當你的面，把許多鈔票放到抽屜裡去，我就是勾引你上鉤的。不是這樣引你，破不了上次的案子。在你那天晚上由我這裡走出去以後，我打開抽屜來，鈔票不見了，我猜著就是你。也是你作賊外行，你在我抽屜裡扔下了一條手絹。你就明明白白告訴我，偷了我的錢了。」

魏太太聽說，收住了眼淚，望著他道：「那麼，你叫我到朱四奶奶家去賭錢，你是有意讓我去輸錢的？」范寶華道：「有那麼一點。但是我沒有料到你一定會輸。我是想著，你不輸的話，今天雖不會來偷我的錢，但是你有了我的鑰匙，一定常來光顧的。我知道我的鑰匙，是在賭場上讓你偷去了。不料下午羅太太來還我的錢，說你輸得一塌糊塗，我就猜著你一定會來。我告訴你，我沒有走遠，就在對門一間屋子裡，靜守著你呢。我那個聽差，在樓下小門房裡，布下了第一道監視哨，你這架轟炸機，第一次經過這大門口的時候，他就放了警報。你進了大門以後，他就悄悄地來通知了我。你……」

魏太太聽著這話，恍然大悟。她就伏在沙發上嗚嗚地哭起來。范寶華顛著那條伸出來的腿，撲哧一聲笑了。因道：「不要哭，哭也不能挽回你的錯誤。你也是賊星並不高照，我今天撒下釣魚鉤子，今天你偏偏地大輪之下，上了我的鉤鉤。」

魏太太坐了起來，將大衣袋裡，皮包裡的鈔票，陸續拿出，也都放在沙發上，臉上流著眼淚，一面埋怨著道：「好吧，算我上了你的鉤，你去叫警察吧。」范寶華在衣袋裡掏出賽銀扁平菸盒子來，將蓋打開，伸到魏太太面前，笑道：「定一定神，魏太太來一支菸吧。」說時，滿面露著笑容。她將身子一扭，板著臉道：「你太殘忍一點，你像那老貓捉著耗子一樣，先不吃它，拿爪子撥弄撥弄，放到一邊，讓它死不去，活不得。」

范寶華哈哈笑了。自取著一支菸卷，放到嘴裡，把菸盒放到袋裡去，將打火機掏出來，打著了火，舉得高高的，將菸支點著，他噴著煙，將打火機蓋了，向空中一抛，然後接住，放到衣袋裡去，站在她面隙道：「我太殘忍？你以為我失去幾十萬元，讓你走了，那才是不殘忍？」魏太太掏出手絹來擦著眼淚道：「今天的錢，全在這裡，你收回去就是。上次的錢，我也不必否認，是我拿了，將來讓我陸續還你吧。」范寶華道：「還我？你出了我這房門，我有什麼憑據說你偷了我的錢？你反咬我一口，我還得賠償你名譽上的損失呢。」魏太太道：「那麼我寫張字據給你。」范寶華笑道：「你肯寫作賊偷了我兩回？」

魏太太哇的一聲又哭了，顫著聲音道：「你老說這個怕聽的名詞，我是知識婦女，我受不了。」說畢又伏在沙發上哭了。范寶華兩手又插到褲子袋裡，繞了寫字臺踱著步子，自言自語道：「既然作了這不名譽的事，還想顧全名譽，便宜都讓你一人占了。」魏太太突然站起來道：「你不必拿我開玩笑，你去叫警察吧，快刀殺人，死也無怨。」范寶華已繞到寫字臺那一角，隔了寫字臺，用手指著她道：「你兩次叫我報警察了。我真叫了警察，你拿什麼臉面去見你的丈夫，去見你的親戚朋友？以後，你還能在重慶社會上露面？」

魏太太聽了這話，擦著淚痕，默然地站著，突然向門邊一撲，手拉門轉扭就想開門。不知道這門是幾時上了暗鎖，已是開不開了。范寶華笑道：「耗子已經關在鐵絲籠子裡，除了我自動地放了你出去，你跑不了的。我這門外，埋藏了伏兵，不會讓你逃走掉的。」

魏太太手扶了門扭，將身子倒在門上，嗚咽著道：「你把我關在屋子裡，打算怎麼辦？報警又不報警，放又不放我。」范寶華道：「你坐下，我慢慢地和你談條件。談好了條件，我自然放你走。我把你關在這裡，有什麼用，你能在天花板下面變出錢來還我嗎？」

魏太太又扭了兩下門扭，果然是不能動，這就坐在沙發上，望了他道：「有什麼條件，你就說吧。」范寶華益發將桌燈亮起，把抽屜關好，然後坐在寫字臺椅上，身子靠了椅子背，望著她笑道：「條件嗎？那很優厚的。我先表示，我同情於你，先說關於你那一方面的，當然上次和今天這次的事我一筆勾銷，絕不提起。第二，今天你輸了二十五萬元，對丈夫是無法交帳，我可以再送你二十萬元，讓你去補償那個大窟窿。第三，我對著電燈起誓，對於你這兩次到我寫字間裡來的事情，我絕對保守祕密，如漏出一個字，我會讓雷火打死。」

魏太太聽到他說出這樣好的條件，就把眼淚收了。同時，臉上也就現出了輕鬆的顏色，因點點頭道：「那我太感謝你了。只要范先生肯顧全我的顏面，不和我計較，我就當改過自新，感激不盡。我怎麼還好意思要你送我那樣多的錢呢？」范寶華微笑道：「我想你是很需要這二十多萬元的吧？假如你不需要這二十多萬元，今晚上何必又來冒這個險？我想，你今晚上沒有二十萬元現鈔交給你們魏先生的話，恐怕有一場很大的是非吧？」

魏太太兩手盤弄著大衣的鈕扣，低了頭搖搖頭道：「那有什麼法子呢？」范寶華道：「你能免掉這場是非，那不更好嗎？」魏太太道：「當然是好。可是我做了這樣對不住你的事，你不見怪我，已是仁至義盡了，我怎好再接受你的巨款？」

范寶華且不答她的話，又擦了一支菸吸著，兩眼直射到她的臉上，約莫有四五分鐘。魏太太也只是低頭盤弄大衣鈕扣，又偷眼看看那關著的門，默然不語。

范寶華望了她道：「我想你不但今天需要款子，以後需要款子的日子還多著吧？你在我手上犯了案，你的前途，就把握在我手心裡。我剛才說了許多條件，都是有利於你的，天下哪有這樣對付小偷的？當然我有點貪圖。我索性告訴你，以後我可以多多給你花錢。只要你依允我一件事，你也知道我買金子發了一點小財，這話不會是空頭支票。在這屋子裡，現在有兩條路任你選擇。你還是和我決裂，讓我去喊警察呢？還是接受優厚的條件，和我作好朋友呢？乾脆，不光是二十五萬，今天你所拿的鈔票，都讓你拿走。這對你不是很優厚嗎？現在限你五分鐘，答覆我的話。否則我們就決裂了。」魏太太聽了，心裡亂跳，只是低了頭盤弄大衣鈕扣。

第四回　心病

魏太太田佩芝是個有虛榮心的女人，是個貪享受而得不著的女人，是個抗戰夫人，是個高中不曾畢業的學生，是個不滿意丈夫的少婦，是個好賭不擇場合的女角。這一些身分，影響到她的意志上，那是極不安定的。現在被一個國難商人，當場捉到了她偷錢，她若不屈服，就得以一個被捕小偷的身分，押到警察局去，而屈服了，是有許多優厚條件可以獲得的。范寶華叫她選擇一條路走，她把握著現實，她肯上警察局嗎？范寶華寫字間的房門，始終不肯在她答覆以前打開，她也沒有那膽量，在樓窗戶裡跳出去。

在一小時的緊張交涉狀態下，她得到了自由，坐在沙發上，靠了椅子背，手理著耳朵邊的亂髮，向同坐的屋子主人道：「現在可以放我回去了。我家裡那一位還等了我去看電影呢。」范寶華握了她另一隻手，笑道：「當然放你走。不過我明天請你吃午飯的話，你還沒有答應我。」魏太太道：「你何必這樣急！我現在心裡亂得很，不能預料明天上午是不是能起得來。」

范寶華摸摸她胸口，又拍拍她肩膀，笑道：「不要怕，沒關係。你以往在外面賭錢，不也是常常深夜回去嗎？上午你不能來，就是吃晚飯吧。我家裡的老媽子，下江菜做得很好，不是我特約朋友，沒有人到我家裡去找我的。」魏太太已站了起來。穿起搭在沙發靠上的大衣。范寶華就把桌上的票子清理一下，挑著票額大，捆數小的，塞進她的大衣袋裡。還笑著問道：「你那皮包裡還放得下嗎？」魏太太看看寫字臺上，只有三四捆小數鈔票了，便笑道：「行了行了，我上了你這樣一個大當，就為的是這點錢嗎？只要你說的話算話，我心裡就安慰些。」

范寶華握了她的手道：「我絕對算話。你明天中午來，中午我把鐲子交給你，晚上來，我晚上交給你。不過我得聲明，現在最重的金鐲子，只有一兩四五錢，再重可得定做。」魏太太道：「太重了也不好看，當然是一兩多的。你要明白，我並非貪圖你什麼。自認識你以來，根本你待我不錯，我很把你當個朋友，不想這點好意倒反是害了我自己，結果是讓你下了毒手，我上了金鉤鉤。」

范寶華笑道：「不要說這話了。我也用心良苦呀。話又說回來了，唯其是我這樣做法，才是真愛你啊。」魏太太瞅了他一眼道：「真愛我？望後看吧。希望你不過河拆橋就好。放我走吧。」

范寶華對她臉上看看，笑道：「你那口紅不大好，明天我買兩支法國貨送你。又香又紅。」魏太太道：「有話明天再說吧。我該走了。」范寶華道：「你明天是上午來呢？還是下午來呢？我好預備菜。」魏太太道：「還是上午吧。晚上，我們那一位回家了。」

范寶華又糾纏了一會，這才左手握了她的手，右手掏出褲袋裡的鑰匙開著房門。魏太太趕快抽開了他的手，走出房門去。范寶華在後面跟著。到了樓梯門，遇到了同寓的幾個人上樓，魏太太立刻端正了面孔，回轉身來向主人一鞠躬道：「范先生不必客氣，請回吧。」說畢，很快地走下樓去。

她走出了這樣樓，好像自己失落了一件什麼東西似的，站著凝神想了一想，可又沒有失落什麼。正好有輛乾淨的人力車，慢慢兒地在面前經過，她叫了一聲車子，便走過去。車伕還扶著車把，不曾放下，她告訴了他地點，立刻塞了三千元在他手上。車伕很知足，放下車把，讓她坐上，並無二句話，拉著她走了。

她坐在車上，好像是生了一場大病，向後倒在車座上。頭垂在胸前，兩手插在大衣袋裡，覺得有無數的念頭，在腦中穿梭來去，自己也不知還要跟著哪個念頭想下去才對。忽然一抬頭，卻見燈火通明，街上行人如織，這正是重慶最熱鬧的市中心區精神堡壘。街兩旁的店鋪，敞開了大門，正應付著熱鬧的夜市。她想起是為什麼出門來的了，踢著車踏板道：「到了到了。」車伕道：「到了？還走不到一半的路呢。」魏太太道：「你別管，讓我下來就是。」車伕自是樂得這樣做，於是就放下車把了。

魏太太下了車子，先到糖果店裡買了幾千元糖果點心，又到茶葉店裡買了兩瓶茶葉，最後還到醬肉店裡買了兩大包滷菜，手上實在是不能提拿了，又二次雇了車子回家。

自己原是一路地自想著，必須極力鎮定，可是到了家門口，那心房就跳得衣服的胸襟都有些震動，兩片臉腮，也不知受著什麼刺激，只管發起熱來。她在那冷酒店門口，站著定了一定神，然後把買的東西，連抱帶提，向屋子裡送了去。魏端本那間一當幾用的屋子裡，電燈還亮著哩。她伸頭看看，見丈夫正端坐在方桌子邊低頭寫字，桌子上正還放著一疊信封和信紙呢。

魏太太在門外就笑道：「真是對不起，回來得太晚了，看電影是來不及了，明天我再奉請吧。」魏端本看了一看，笑道：「我就知道，你出去了，未必馬上就能回來。」魏太太先把大小紙包，都放在桌上，然後在衣袋裡掏出一盒重慶最有名的華福牌紙菸，放到他面前，笑道：「太辛苦了，慰勞慰勞你。」魏端本笑道：「買這樣好的菸慰勞我？」魏太太笑道：「偶然一次也算不了什麼，只要我以後少賭幾場，買菸的錢要得了多少？」魏端本望了她笑道：「你居然肯說這話，難得難得。」魏太太笑道：「我也不是小孩子，這樣極淺近的道理也不懂得嗎？」說著，將一包糖果打開，挑了一粒糖果塞到丈夫的嘴裡。

魏端本在她走近的時候，就看清楚了，大衣口袋包鼓鼓的，有一捆鈔票角露出來，因笑道：「怪不得你這樣高興，你弄了一筆外來財喜了。」魏太太回到屋子裡，對丈夫一陣敷衍，本來就覺得精神安定多了。聽了這句話，不覺臉上又是一陣紅潮湧起來。望了他道：「我有什麼外來財喜呢？偷米的，打野雞來的？」

魏端本笑道：「言重言重！平常一句笑話，你又著急了。」他索性放下了筆，對太太望著。魏太太臉上略帶了三分怒色，因道：「看你說話，不管言語輕重。也不管人家受得了受不了。」魏端本笑道：「我看你很高興，衣袋錢又塞滿了。我猜你是贏了一筆。」魏太太道：「我出去不多大一會兒，這就能贏上一大筆錢嗎？」魏端本伸手到她大衣袋裡一掏，就掏出一捆鈔票來。笑道：「這不是錢？不是大批的錢？」說著，又在大衣袋裡再掏一下，掏出來又是一捆。

魏太太道：「錢是不少，根本是你的。你那二十萬元，讓人家借去了。說了只借一天，我就瞞著你，竟自作主借給他了。到了晚上，還沒有送還，我急得了不得，就把款子自行取回來。」魏端本道：「二十萬元，沒有這樣大的堆頭呀。你看，你大衣兩個口袋，都讓鈔票脹滿了。」魏太太道：「也許多一點，這還是你的錢，不過在我手上經過一次，又借出去，在人家手上經過一次，最後還是回來了。你要調查這些款子的來源，乾脆，我就全告訴你吧。」魏先生看太太這神氣，又有了幾分不高興。這就立刻笑道：「你就是這樣不分好歹，把好意來問你話，你也囉唆一陣。」

魏太太是向來不受先生指摘的，聽了這話，臉色不免沉下來，單獨地拿了皮包，走回臥室去。她首先的一件事，自然是把大衣袋裡的鈔票送到箱子裡去，其次，把皮包裡的鈔票，也騰挪出一部分來。這事作完了，她脫了大衣，坐到床沿上有點兒發呆。丈夫交來的二十萬元，自己算是理直氣壯地交代了事。可是在另一方面，給予丈夫的損失，那就更大了。她有了這樣一點感想，就聯繫著把魏端本相待的情形仔細地分析了一下。覺得他的弱點，究竟不多，轉而論到他的優點，可以說生命財產，可全為了太太而犧牲的。

想了一陣，自己復又走到隔壁屋子裡去。這時魏端本還繼續地在桌子上寫信，魏太太悄悄地走到桌子邊站住，見魏先生始終在寫信，也不去驚動他。約莫是四五分鐘，她才帶了笑容，從從容容地低聲問道：「端本，你要吃點什麼東西嗎？」他道：「你去休息吧，我不想吃什麼。」魏太太將買的那包滷菜打開放在桌子角上。

魏端本聳著鼻子嗅了兩下，抬起眼皮，看到了這包滷菜，微笑道：「買了這樣多的好菜？」魏太太笑道：「我想著，你這次給那姓范的拉成生意，得了二十萬的傭金，雖然為數不多，究竟是一筆意外的財喜。你應該享受享受。」魏端本聽了她的話，又看滷菜，不覺食慾大動，這就將兩個指頭，鉗了一塊叉燒肉，送到嘴裡去咀嚼著，點了兩點頭。魏太太笑道：「不錯嗎？我們根本就住在冷酒店後面，喝酒是非常方便，我去打四兩酒吧。」魏先生還要攔著，夫人可是轉身出去了。

過了一會，她左手端了一茶杯白酒，右手拿了一雙筷子，同放到桌子上。恰好是魏先生的信已寫完了，便接過筷子夾了一點滷菜吃，笑道：「為什麼只拿一雙筷子來？」魏太太道：「我不餓，你喝吧。我陪著你吧。」說著搬了個方凳子在橫頭坐下。

魏端本喝著酒吃菜，向太太笑道：「我在這裡又吃又喝，你坐在旁邊乾瞧著，這不大平等吧？」魏太太笑道：「這有什麼平等不平等，又不是你不許我吃，關自己不肯吃。再說，你天天去辦公，我可出去賭錢，這又是什麼待遇呢？」

魏端本手扶了酒杯子，偏了臉向太太望著，見她右手拐撐在桌沿上，手掌向上，托住了自己的臉腮，而臉腮上卻是紅紅的，尤其是那兩隻眼睛的上眼皮，滯澀得失去正常的態度，只管要向下垂下來。便笑問道：「怎麼著，我剛喝酒，你那方面就醉了嗎，你為什麼臉腮上這樣的紅？你看，連耳朵根子都紅了。」說著，放下筷子，將手摸了摸她的臉腮。果然，臉腮熱熱的像發燒似的。

魏太太皺了兩皺眉頭道：「我恐怕是受了感冒了，身上只管發麻冷。」魏先生道：「那麼，你就去睡覺吧。」她依然將手託了臉腮，望了丈夫道：「你還在工作呢，我就去睡覺，似乎不大妥吧。」魏先生笑道：「你一和我客氣起來，就太客氣了。」她笑道：「我只要不賭錢，心裡未嘗不是清清楚楚的，從今以後我決計戒賭了。我們夫妻感情是很好的，總是因為我困在賭場上，沒有工夫管理家務，以致你不滿意，為了賭博喪失家庭樂趣，那太不合算。」

魏端本不覺放下杯筷，肅然起敬地站起來。因望了她笑道：「佩芝，你有了這樣感想，那太好了，那是我終身的幸福。」說著兩手一拍。說完了，還是對她臉上注視著，一方面沉吟著道：「佩芝，你怎麼突然變好了，新受了什麼刺激嗎？」魏太太這才抬起頭來，連連的搖著道：「沒有沒有，我是看到你辛苦過分，未免受著感動。」魏端本道：「這自然也很可能。不過我工作辛苦，也不是自今日開始呀。」

魏太太沉著臉道：「那就太難了。我和你表示同情，你倒又疑心起來了。」

魏端本拱拱拳頭道：「不，不，我因對於你這一說，有些喜出望外。你去休息吧。」說著，便伸著兩手來攙扶她。她也順著這勢子站起來，反過左手臂，勾住了丈夫的頸脖子。將頭向後仰著，靠在丈夫肩上，斜了眼望著他道：「你還工作到什麼時候才休息呢？」他拍著太太的肩膀道：「你安靜著去休息吧。喝完了這點兒酒，我就來陪你。」魏太太將頭在他的肩膀上輕輕撞了兩下，笑道：「可別喝醉了。」說畢，離開丈夫，立刻走回臥室去。

她雖是沒有看到自己的臉色，也覺得是一定很紅的，把屜桌上的鏡子支起來，對著鏡子照照，果然是像吃醉了酒似的。鏡子裡這位少婦，長圓的臉，一對雙眼皮的大眼睛，皮膚是細嫩而緊張，不帶絲毫皺紋。在那清秀的眉峰上，似乎帶著三分書卷氣。假如不是抗戰，她就進大學了。以這樣的青春少婦，會幹那不可告人的醜事，這真是讓人所猜不到的事情。

魏太太這樣想時，鏡子裡那個少婦，就像偵探似的，狠命地盯人一眼。她不敢看鏡子了，縮轉身子來，坐在床沿上。手摸著臉，不住地出神。這心房雖是不跳蕩了，卻像兩三餐沒有吃飯，空虛得非凡。腦筋同時受著影響，彷彿這條身子搖撼著要倒，讓人支持不住。這也就來不及脫衣裳了，向床上一倒，扯著整疊好了的棉被，就向身上蓋著。

她睡是睡下去了，眼睛並不曾閉住。仰面望著床頂上的天花板，覺得石灰糊刷的平面東西，竟會幻變出來許多花紋。有些像畫的山水，有些像動物，有些簡直像個半身人影。看到了這些影子，便聯想到一小時前在范寶華寫字間裡的事。偷錢時間的那一分下流，讓人家捉到了那一分惶恐，屈服時間的那一分難堪……她不敢向下想了，閉著眼睛翻了一個身。耳邊聽到皮鞋腳步響，知道是魏端本走進屋子來了。更睡得絲毫不動，只是將眼睛緊閉著。

魏端本的腳步，響到了床面前，卻聽到他低聲道：「我這位太太，真是病了。她並不是一個糊塗人，只要讓她有個考慮的時間，她是什麼都明白的。」在說話的時間，魏太太覺得棉被已經牽扯了一番，兩隻腳露在被子外的，現在也蓋上了。但魏先生的腳步並沒有離開的聲音，分明是他站在床面前看著出神。

約莫有三四分鐘，她的手被丈夫牽起來，隨後，手背上被魏端本牽著，嘴唇在上面親了一下。然後他低聲笑道：「睡得這樣香，大概是身體不大好。她是天真爛漫的人，藏不住心事，不是真病了，她也不會睡倒。」在讚歎一番之下，然後走了。

魏太太雖是閉了眼躺著，這些話可是句句聽得清楚。心房隨著每句話一陣跳蕩，自己也就想著，我不是糊塗人？我天真爛漫，藏不住心事？哎呀！這真是天曉得！反過來說，自己才是既藏有心事，而又極糊塗的人。她越是這樣想，越是不敢睡著，翻一翻身，她是和衣睡的又蓋上了一床被子，真覺得周身發熱。自己正也打算起來脫衣，把被子掀起一角，正待起身，卻聽得隔壁的陶太太笑道：「怎麼屋子裡靜靜的，我看到魏太太回來的呀。」魏太太便答道：「我在家啦。請進來吧。」

陶太太手指縫夾了一支紙菸，慢慢走進屋子來。因問道：「怎麼著？魏太太睡了，那我打攪你了。」魏太太將被子揭開，笑道：「你看，我還沒有脫衣服呢，我雖然是個出名的隨便太太，可也不能隨便到這步田地。我不大舒服，我就先躺下了。」

陶太太坐在床沿上，因道：「那麼你就照常躺下吧。我來沒有事，找你來擺擺龍門陣。」說著將手指縫裡夾的紙菸，送到嘴唇裡吸上了一口，只看她手扶了紙菸，深怕紙菸落下來，就是初學吸菸的樣子，魏太太便笑道：「你怎麼學起吸菸來了？」她道：「家裡來了財神爺，他帶有好菸，叫什麼三五牌，每人敬一支，我也得了一支嘗嘗。」魏太太道：「什麼財神爺？是金子商人？還是美鈔商人？」陶太太道：「不就是作金子的商人嗎？這人你也很熟，就是范寶華。」

魏太太聽了這名字，立刻肌肉一陣閃動。搖搖頭道：「我也不大熟，只是共過兩場賭博而已。那個人浮裡浮氣的，我不愛和他說話。」說著，把蓋的被子，掀著堆在床的一頭，將身子斜靠在被堆上，抬起手來，將拳頭捶著額角，皺了眉頭子道：「好好的又受了感冒。」陶太太道：「你還是少出去聽夜戲，戲館子裡很熱，出了戲園子門，夜風吹到身上，沒有不著涼的。」

魏太太閉著眼睛，養了一會神，又望著陶太太道：「你家裡有客，怎麼倒反而出來了呢？」陶太太道：「他們作祕密談話，我一個女人家參加作什麼？」魏太太聽了這話，立刻心裡又亂跳一陣，紅著臉，呆了一呆。陶太太也誤會了，笑道：「老陶為人倒是規矩，並不和他談袁三小姐那類的事。我是說他們又想作成一筆買賣。」魏太太道：「像老范這樣發國難財的人，除了和他作生意，在他手上分幾個不義之財，實在也是語言無味，面目可憎，你躲開他，那是對的。」

陶太太笑道：「你說他語言無味，面目可憎嗎？人家可坐在屋裡發財，今天他又托銀行和他定了五百兩黃金儲蓄券。半年之後他把黃金拿到了手，就是四五千萬的富翁。買十兩八兩黃金儲蓄千難萬難，少不了到銀行裡去排班兩三天；到了一買幾百兩，那事情簡單極了，給商業銀行一張支票，坐在經理室裡，抽兩支菸，喝一杯茶，交代經理幾句話，他就一切會和你辦好，現在黑市的金價，是五萬上下。五百兩金子，你看他賺了多少錢吧。」魏太太道：「六個月後，賺一兩千萬。」

陶太太道：「不用半年，老陶說，現在市面上，就有人收買黃金儲蓄券，每兩三四萬不等，越是到期快的，越值錢。還有一層，黃金官價快要提高，也許是提高到五萬元，也許是提高到四萬元。只要有這一天，黃金儲蓄券本身就翻了個對倍了。到了兌現的日子，那就更值錢了。據說，老范明天可以把黃金儲蓄定單拿到了。拿到之後，他要大請一次客。」魏太太道：「他明天要大請一次客？是上午還是下午。」

陶太太道：「他說了請客，倒還沒有約定時間。我看他也是高興得過分，特意找著老陶來說。」魏太太還想問什麼，魏端本可走進屋子來了。她見了丈夫，立刻在臉上布起一層愁雲，兩道眉峰也緊緊皺起。魏端本見她斜靠在堆疊的棉被上，因問道：「你的病，好一點了嗎？」魏太太好像是答話的力氣也沒有，只微微睜著兩眼，搖了幾搖頭。

陶太太看到人家丈夫進屋子問病來了，也不便久坐下去，向魏太太說了句好好休息吧，自告辭而去，在房門外還聽到魏太太的嘆氣聲，彷彿她的病，是立刻加重了。

陶太太走回家裡，陶伯笙和范寶華兩人，還正是談在高興的頭上。兩人對坐在方桌子邊，桌上幾個碟子，全裝滿了醬雞滷肉之類。面前各放了一隻玻璃杯子，裝滿了隔壁冷酒店裡打來的好酒。范寶華正端了玻璃杯子，抿著一口酒，這就笑問她道：「你在隔壁來嗎？」

陶太太在旁邊椅子上坐下，笑著點點頭道：「我就知道范先生的意思，你讓我去看魏先生在家沒有，其實是想問問魏太太有唆哈的機會沒有。她病了，大概明天是不會賭錢的。」范寶華笑道：「她生了病？下午還是好好的。她是心病。」

陶太太道：「她是心病，范先生怎麼曉得？」老范頓了一頓，端著杯子抿了兩口酒，又伸出筷子去，夾了幾下菜吃。這才笑道：「我怎麼曉得？賭場上的消息，我比商場上的消息還要靈通。今天六點鐘的時候，羅太太還我的賭本。她說魏太太今天在朱四奶奶家裡輸了二十多萬。你看，這不會發生一場心病嗎？」

陶伯笙道：「真的嗎？魏先生昨日一筆生意，算是白忙了。」范寶華只管端了玻璃杯子喝酒，又不住地晃著頭微笑。

第五回　兩個跑腿的

陶伯笙夫婦，對於范寶華，並沒有什麼篤厚的交情，原來是賭友，最近才合作了兩次生意。所以有些過深的話，是不便和他談起的。這晚上是范寶華自動來訪談，又自動地掏出錢來打的酒買的肉，他們夫婦，對此並無特別感覺，也只認為老范前來拉攏交情而已。

范寶華屢次提到魏太太，他們夫婦也沒有怎樣注意。這時，范寶華為了魏太太的事，不住地發著微笑，陶太太也有點奇怪。她聯想到剛才魏太太對於他不好的批評，大概是范先生有什麼事得罪了她，所以彼此在背後都有些不滿的表示。

陶太太知道范先生是個經濟上能作幫助的人，不能得罪，而魏太太是這樣的緊鄰，也不便將人家瞧不起她的表示傳過去，這些可生出是非來的話，最好是牽扯開去。因此，陶太太坐在一旁，頃刻之間，就轉了幾遍念頭，於是故意向范寶華望了一眼，笑道：「范先生今天真是高興，必然是在金子生意上，又想到了好辦法。」

范寶華笑道：「這樣說，我簡直晝夜都在作金子的夢。老實說，我也只想翻到一千兩就放手了。雖然說金子是千穩萬穩的東西，但作生意的人，究竟不能像猜寶一樣，專押孤丁。我想把這五百兩拿到手在銀行裡再兜轉一下，買他二三百兩，那就夠了。」陶伯笙坐在他對面，脖子一伸，笑道：「那還有什麼不可以夠的呢？一千兩黃金，就是五六千萬法幣。只要安分守己，躺在家裡吃利息都吃不完。」

范寶華笑道：「賺錢不花那我們拚命去賺錢幹什麼？當然，安分守己這句話不能算壞，可是也要看怎樣的安分守己。若是家裡堆金堆銀，自己還是穿粗布衣服喝稀飯，那就不去賣力氣賺錢也罷。」說著端起杯子來，對陶伯笙舉了一舉，眼光可在杯子望過去，笑道：「老陶，喝吧。我賺的錢，夠喝酒的。將來我還有事求你呢？」陶伯笙也端了杯子笑道：「你多多讓我跑腿吧。跑一回腿，啃一回金條的邊。」他使勁在酒杯沿上抿了一下，好像這就是啃金子了。

范寶華喝著酒，放下杯子，用筷子撥了碟子的菜，搖搖頭道：「不是這個事，你跑一回，我給你一回好處，怕你不跑。我所要請求你的……」說到這裡，他夾了一塊油雞，放到嘴裡去咀嚼，就沒有把話接著向下說。陶伯笙手扶了杯子，仰了臉望著他道：「隨便吧，買房子，買地皮，買木器家具，只要你范老闆開口我無不唯力是視。」

范寶華偏著臉，斜著酒眼笑道：「我要活的，我不要死的。我要動產，我不要不動產。我要分利的，我不要生利的。你猜吧，我要的是什麼？」老陶依然手扶了玻璃杯子，偏頭想了一想，笑道：「那是什麼玩意呢？」

范寶華笑道：「說到這裡，你還不明白，那也就太難了。乾脆，我對你說了吧，我要你給我作個媒，你看我那個家，什麼都是齊全的，就缺少一位太太。」陶伯笙一昂頭道：「哦！原來是這件事。你路上女朋友有的是，還需要我給你介紹嗎？」

范寶華端著杯子碰了臉，待喝不喝地想了一想，因微笑道：「我自己當然能找得著人，可是你知道我吃過小袁一個大虧，一回蛇咬了腳，二次見到爛繩子我都害怕的。所以我希望朋友能給我找著一位我控制得住的新夫人。」陶太太坐在旁邊插嘴道：「這就難說了。人家介紹人，只能介紹到彼此認識，至於是不是可以合作，介紹人就沒有把握。要說控制得住控制不住，那更不是介紹人所能決定的。」

范寶華點點頭道：「大嫂子，這話說的是。我的意思，也不是說以後的事。只要你給我介紹這麼一個人，是我認為中意的，那我就有法控制了。這種人，也許我已經有了。只是找人打打邊鼓而已。」說著，端起酒杯子來抿口酒，不住地微笑。陶伯笙夫婦聽他說的話，顛三倒四，前後很不相合，也不知道他是什麼用意，也只是相視微笑著，沒有加以可否。

范寶華繼續著又抿了兩口酒，默然著有三四分鐘，似乎有點省悟，這就笑道：「我大概有點兒酒意，三杯下肚，無所不談，我把我到這裡的原意都忘記了，讓我想想看，我有什麼事。」說著，放下杯筷，將手扶著額頭，將手指頭輕輕地在額角上拍著。他忽然手一拍桌子，笑道：「哦！我想起來了。明天我恐怕要在外面跑一天。你和老李若有什麼事和我商量的話，不必去找我，我家裡那位吳嫂有點傻裡傻氣，恐怕是招待不周。」陶伯笙笑道：「她很好哇，我初次到你家裡去，我看到她那樣穿得乾乾淨淨的。我真疑心你又娶了一位太太了。」

范寶華哈哈大笑道：「罵人罵人，你罵苦了我了。」說著，也就站起身來，向陶太太點點頭道：「把我的帽子拿來吧。」陶太太見他說走就走，來意不明，去意也不明。因起身道：「范先生，我們家有很好的普洱茶，熬一壺你喝喝再走吧。」范寶華搖搖頭笑道：「我一肚子心事，我得回家去靜靜地休息一下了。」陶伯笙看他那神氣，倒也是有些醉意，便在牆釘子上取下了帽子，雙手交給他，笑道：「我給你去叫好一部車子吧。」范寶華接過帽子在頭上蓋了一下，卻又立刻取下來，笑著搖搖帽子道：「不用，你以為我真醉了？醉是醉了，醉的不是酒。哈哈，改天再會吧。我心裡有點亂。」說著，戴了帽子走了。陶伯笙跟著後面，送到馬路上，他走了幾步，突然轉身走過來，站在面前，低聲笑道：「我告訴你一件事。」陶伯笙也低聲道：「什麼事？」范寶華站著默然了一會，笑道：「沒事沒事。」一扭身子又走了。

陶伯笙真也有點莫名其妙，手摸著頭走回屋子去。陶太太已把桌子收拾乾淨，舀了一盆熱水放在桌上，因向他道：「洗把臉吧。這范先生今天晚上來到我家，是什麼意思，是光為了同你喝酒嗎？」陶先生洗著臉道：「誰知道，吃了個醉臉油嘴，手巾也不擦一把，就言語顛三倒四的走了。」

陶太太靠了椅子背站著望著他道：「他好好地支使我到隔壁去，讓我看魏太太在作什麼？我也有點奇怪。我猜著，他或有什麼事要和你商量，不願我聽到，我就果然地走了。到了魏家，我看到魏太太也是一種很不自在的樣子，她說是病了。這我又有一點奇怪，彷彿范先生就知道她會是這個樣子讓我去看的。」陶伯笙笑道：「這叫想入非非，他叫你去探聽魏太太的舉動不成？魏太太有什麼舉動，和他姓范的又有什麼相干。」

陶太太道：「那麼，他和你喝酒，有什麼話不能對我說嗎？」陶伯笙已是洗完了臉，燃了一支紙菸在椅子上坐著，偏頭想了一想，因道：「他無非是東拉西扯，隨便閒談，並沒有說一件什麼具體的事。不過，他倒問過魏太太兩次。」

陶太太點著頭道：「我明白了。必然是魏太太借了范先生的錢，又輸光了。魏太太手氣那樣不好，賭一回輸一回，真可以停手了。范先生往常就是三萬二萬的借給她賭，我就覺得那樣不好。魏太太過日子，向來就是緊緊的，哪有錢還賭博帳呢。」

陶伯笙靠了椅子背，昂著頭極力地吸著紙菸，一會兒工夫，把這支菸吸過去一半。點著頭道：「我想起來了。老范在喝酒的時間，倒是問過魏太太賭錢的。」陶太太道：「問什麼呢？」陶伯笙道：「他問魏太太往常輸了錢，拿什麼抵空子？又問她整晚在外面賭錢，她丈夫不加干涉嗎？當時，我倒沒有怎樣介意，現在看起來，必然是他想和魏太太再邀上一場賭吧？這大小是一場是非，我們不要再去提到吧。」陶太太點點頭。夫妻兩人的看法，差不多相同，便約好了，不談魏太太的事。

到了次日早上，陶氏夫婦正在外面屋子裡喝茶吃燒餅。魏太太穿著花綢旗袍，肋下大襟還有兩個鈕扣沒有扣著呢；衣擺飄飄然，她光腳踏了一雙拖鞋，走了進來。似乎也感到蓬在頸脖子上的頭髮，刺得人怪不舒服，兩手向後腦上不住抄著，把頭髮抄攏起來。

陶太太望她笑道：「剛起來嗎？吃燒餅，吃燒餅。」說著，指了桌上的燒餅。魏太太嘆口氣道：「一晚上都沒有睡。」陶太太道：「喲！不提起我倒忘記了。你的病好了？怎麼一起來就出來了？」魏太太皺著眉頭道：「我也莫名其妙，我像有病，我又像沒有病。」說著，看到桌上的茶壺茶杯，就自動地提起茶壺來，斟了一杯茶。她端起茶杯來，在嘴唇皮上碰了一下，並沒有喝茶，卻又把茶杯放下。眼望了桌上的燒餅，把身子顛了兩顛，笑道：「你們太儉省了。陶先生正作著金子交易呢。對本對利的生意，還怕沒有錢吃點心嗎？」

陶太太笑道：「你弄錯了吧，我們是和人家跑腿，對本對利，是人家的事。」魏太太搭訕著端起那茶杯在嘴唇皮上又碰了一下，依然放下。對陶氏夫婦二人看了一眼，笑道：「據你這麼說，你們都是和那范寶華作的嗎？他買了多少金子？」

陶伯笙道：「那不用提了，人家整千兩的買著，現在值多少法幣呀！」魏太太手扶著杯子，要喝不喝的將杯子端著放在嘴邊，抬了頭向屋子四周望著，好像在打量這屋子的形勢，口裡隨便的問道：「范先生昨天在這裡談到了我吧？我還欠他一點賭博帳。」

陶伯笙亂搖頭道：「沒有沒有。他現在是有錢的大老闆，三五萬元根本不放在他眼裡。」魏太太道：「哦！他沒有提到我。那也罷。」說到這裡，算是端起茶杯子來真正地喝了一口茶。忽然笑道：「我還沒有穿襪子呢，腳下怪涼的。」她低頭向腳下看了一看，轉身就走了。

陶太太望著她出了外面店門，這就笑向陶先生道：「什麼意思？她下床就跑到這裡來，問這麼一句不相干的話。」陶伯笙道：「焉知不就是我們所猜的，她怕范先生向她要錢？」

陶太太道：「以後別讓魏太太參加你們的賭局了。她先生是一個小公務員，像她這樣的輸法，魏先生可輸不起。」陶伯笙道：「自今天起，我要考慮這問題了。這事丟開談正經的吧，我們手上還有那三十多萬現鈔，趕快送到銀行裡去存比期吧：老范給我介紹萬利銀行，比期可以做到十分的息。把錢拿來，我這就走。」

陶太太道：「十分利？那也不過九千塊錢，夠你賭十分鐘的？」陶伯笙笑道：「不是那話。我是個窮命，假如那些現款在手上，很可能的我又得去賭上一場，而且八成準輸，送到銀行裡去存上，我就死心了。」

陶太太笑道：「你這倒是實話，要不然，我這錢拿去買點金首飾，我就不拿給你了。」陶伯笙雖是穿了西裝，卻還抱了拳頭，和她拱拱手。笑道：「感謝之至。」說著，把床頭邊那個隨身法寶的皮包拿了過來，放在桌上，打開將裡面的信紙信封名片，以及幾份公司的發起章程，拿出來清理了一番。

陶太太在裡面屋子裡，把鈔票拿出來，放在桌上，笑道：「那皮包跟著你姓陶的也是倒楣，只裝些信紙信封和字紙。」陶伯笙將鈔票送到皮包裡，將皮包拍了兩下，笑道：「現在讓它吃飽半小時吧。」

陶太太道：「論起你的學問知識，和社會上這份人緣，不見得你不如范寶華，何以他那樣發財，你不過是和他跑跑腿？」陶伯笙已是把皮包夾在肋下，預備要走了，這就站著嘆口氣道：「慚愧慚愧！」說畢，扛了兩下肩膀帶了三分的牢騷，向街上走去。

他是向來不坐車子的，順著馬路旁邊的人行道便走，心裡也就在想著，好容易把握了三十萬元現鈔，巴巴地送到銀行裡去存比期。這在人家范大老闆，也就是幾天的拆息。他實在是有錢，論本領，真不如我，就是這次買金子，賣五金，不都是我和他出一大半力氣嗎？下次他要我和他跑腿，我就不必客氣了。

正是這樣地想著，忽然有人叫了一聲，回頭看時，乃是另一和范寶華跑腿的李步祥。他提著一隻大白布包袱，斜抬起半邊肩膀走路，他沒有戴帽，額角上兀自冒著汗珠子，他在舊青呢中山服口袋裡，掏出了大塊手絹，另一隻手只在額角上擦汗。

陶伯笙道：「老李，你提一大包什麼東西，到哪裡去？」李步祥站在路邊上，將包袱放在人家店鋪屋簷下，繼續地擦著汗道：「人無利益，誰肯早起？這是些百貨，有襯衫，有跳舞襪子，有手絹，也有化妝品，去趕場。」

陶伯笙對那大包袱看看，又對他全部油汗的胖臉上看看。搖搖頭道：「你也太打算盤了。帶這麼些個東西，你也不叫乘車子？」李步祥道：「我一走十八家，怎麼叫車子呢？」伯笙道：「你不是到百貨市場上去出賣嗎？怎麼會是一走十八家呢？」李步祥笑道：「若不是這樣，怎麼叫是跑腿的呢？我自己已經沒有什麼貨。這是幾位朋友，大家湊起來的一包東西。現在算是湊足了，趕到市場。恐怕時間又晚了。那也不管他，賣不了還有明天。老兄，你路上有買百貨的沒有？我照市價打個八折批發。我今天等一批現款用。」

陶伯笙笑道：「你說話前後太矛盾了。你不是說今日賣不了還有明天嗎？」李步祥笑道：「能賣掉它，我就趁此弄點花樣，固然是好。賣不掉它，我瞪眼望著機會失掉就是了。我還能為了這事自殺不成？」陶伯笙道：「弄點花樣？什麼花樣？」李步祥左右前後各看了一看，將陶伯笙的袖子拉了一拉，把他拉近了半步，隨著將腦袋伸了過去，臉上腮肉，笑著一顫動，對他低聲道：「我得了一個祕密消息，不是明天，就是後天，黃金官價就要提高為四萬一兩。趁早弄一點現錢，不用說作黃金儲蓄，就是買幾兩現貨在手上，不小小地賺他個對本對利嗎？」

陶伯笙道：「你是說黃金黑市價，也會漲過一倍？」李步祥道：「不管怎樣，比現在的市價總要貴多了。」陶伯笙笑道：「你是哪裡聽來的馬路消息？多少闊人都在捉摸這個消息捉摸不到。你一個百貨跑腿的人，會事先知道了嗎？」李步祥依然是將灰色手絹擦著額頭上的汗珠，喘了一口氣，然後笑道：「這話也難說。」

陶伯笙道：「怪不得你跑得這樣滿頭大汗了。你是打算搶購金子的。發財吧，朋友。」說著他伸手拍了兩拍他的肩膀。李步祥被陶先生奚落了幾句，想把自己得來消息的來源告訴他，同時，又想到說話的人不大高明，躊躇了一會，微笑了一笑，提起包袱來道：「信不信由你，再會吧。」說著，提起包袱就跑了。

陶伯笙看著他那匆忙的樣子，雖不見得有什麼可信之處，但這位李老闆，也是生意眼，若一點消息沒有，他何必跑得這樣起勁？陶先生為了這點影響，心裡也有些動盪，便就順了大街走著，當經過銀樓的時候，就向門裡張望，果然，每家銀樓的生意，都有點異乎平常，櫃檯外面，全是顧客成排站著。看看牌子上寫的金價，是五萬八千元，他禁不住嚇了一聲，自言自語道地：「簡直要衝破六萬大關了。」他走到第四家銀樓的時候，見范寶華拿著一個扁紙包兒，向西服懷裡揣著，這就笑道：「怎麼樣，你也打鐵趁熱，來買點首飾？」

陶伯笙搖搖頭道：「我不夠那資格。老兄倒是細大不捐，整千兩地儲蓄，這又另外買小件首飾。」說著話，兩人走上了馬路。范寶華握住他一隻手笑道：「我們老夥計，你要買首飾就進去買吧，瞞著我幹什麼。」

陶伯笙笑道：「我叫多管閒事，並非打首飾。」說著，低了聲音道：「老李告訴我一個消息，說是明後天黃金官價就要提高。勸我搶買點現金，他那馬路消息，我不大相信。我走過銀樓，都進去看看。果然，今天銀樓的生意，比平常好得多。」范寶華笑道：「那真是叫多管閒事。你看著人家金鐲子金錶鏈向懷裡揣，你覺得這是你眼睛一種受用嗎？」

陶伯笙道：「那麼，范先生到這裡來，絕不是解眼饞。」范寶華眉毛揚著，笑道：「買一隻鐲子送女朋友。老陶，你看，這個日子送金鐲子給女人，是不是打進她的心坎裡去了？我要回家等女朋友去了，你可別追了來。」

陶伯笙道：「昨晚上，你不就是叮囑了一遍嗎？我現在到萬利銀行去，老兄可不可以陪著我去一趟，我想做一點比期。」范寶華道：「你去吧，準可做到十分息。這幾天他們正在抓頭寸。」說畢，他一扭身就走了。

陶伯笙站著出了一會神，自言自語道地：「這傢伙神裡神經，什麼事情？」說畢，自向萬利銀行來。這已快到十一點鐘了。銀行的營業櫃上，正在交易熱鬧的時候。陶伯笙看行員正忙著，恐怕不能從容商量利息。就把預備著的范寶華名片取了出來，找著銀行裡傳達，把名片交給他道：「我姓陶，是范先生叫我來向何經理接洽事情的。」傳達拿了名片去了，他在櫃檯外站著，心想何經理未必肯見。那傳達出來，向他連連招著手道：「何經理請進去，正等著你呢。」

陶伯笙心裡想：這是個奇蹟，他會等著我？於是夾了皮包，抖一抖西服領襟，走進會客室去，還不曾坐下，何經理就出來了。首先問道：「范先生自己怎麼不來呢？」陶伯笙這才遞過自己的名片去，何經理對於這名片，並沒有注意，只看了一眼，就再問一句道：「范先生自己怎麼不來呢？」

陶伯笙道：「剛才我和他分手的，他回家去了。」何經理道：「儲蓄定單，我已經和他拿到了。這個不成問題。現在是十點三刻，上午在中央銀行交款，還來得及。陶先生你什麼話也不用說，趕快去把他找來，我有要緊的話和他說。」陶伯笙道：「是不是黃金官價，明天就要提高？」何經理手指上夾著一支紙菸，他送到嘴裡吸了一口，微笑了一笑，因道：「不用問，趕快請范先生來就是。我們不是談什麼生意經，我是站在一個朋友的立場我應當幫他這麼一個忙。我再聲明一句，這是爭取時間的一件事，請你告訴范先生千萬不可大意。」

陶伯笙站著定了一定神，向他微笑道：「我有三十萬現款打算存比期。」何經理不等他說完，一揮手道：「小事小事。若是給范先生馬上找來了，月息二十分都肯出，沒有問題，沒有問題。快去吧。又是五分鐘了。」

陶伯笙笑問道：「何經理說的是黃金官價要提高？」他微笑了一笑，仍然不說明，但點頭道：「反正是有要緊的事吧？快去快去！」說著，將手又連揮了兩下。陶伯笙看那情形，是相當的緊張，點了個頭，轉身就走。他為了搶時間，在人行便道上，加快了步子走。他心裡想著，我這三十萬，不存比期了，加入范寶華的大批股子，也買他幾兩，心裡在打算發財，就沒有想到范寶華叮囑他的話，徑直地就向范家走去。

在重慶，上海弄堂式的房子，是極為少數的，在戰時，不是特殊階級住不到這時代化的建築，因之范寶華所住的弄堂，很是整潔，除了停著一輛汽車，兩輛人力包車，並沒有雜亂的東西。陶伯笙一走進弄堂口，就看到一位摩登少婦，站在范寶華門口敲門。這就聯想到范寶華叮囑的話，不要到他家去，又聯想到他說，要送一隻金鐲子給女朋友，這事一聯串起來，就可以知道這摩登少婦敲門，是怎麼一回事了。但他心裡這樣想，腳步並沒有止住，這更進一步地看著，不由他心裡一動，這是魏太太呀。他立刻止住了腳，不敢動。

正自躊躇著，卻見李步祥跑得像鴨踩水似的，走過來。陶伯笙轉身過去，伸手擋了他的跑，問道：「哪裡去？」李步祥站住了腳，臉上紅紅的，還是在舊中山服口袋裡，掏出灰色手絹來擦額角上的汗，他喘著氣笑道：「我丟了生意都不作，特意來給老范報信。」

陶伯笙道：「還是那件事，黃金官價要提高。」李步祥道：「這消息的確有些來源，我們只可信其有，不可信其無，反正搶買一點金子在手上，遲早都不吃虧。」

陶伯笙點點頭道：「消息大概有點真，剛才我到萬利銀行，那何經理就叫我來催老范的，他更說得緊張，說是一分鐘都不能耽誤。」李步祥拉著他的手道：「那我們就去見他報告吧。」

陶伯笙搖搖頭道：「慢來慢來。他昨天就叮囑過了，叫我們不要去找他。剛才在馬路上遇到，他又叮囑了一遍。」李步祥道：「那為什麼？」

陶伯笙道：「大概是在家裡招待女朋友。」李步祥哧著笑了一聲道：「瞎扯淡！老范和女朋友在一處玩，向來不避人的。我們這兩位跑腿的，在這緊要關頭，不和他幫忙，那還談什麼合作？而且我們和他跑腿，不為的是找機會嗎？有了機會，自己也弄點好處，怎能放過。真的，一分鐘也不能放過去。走走！」說著，拉了陶伯笙的手向前。他笑道：「考慮考慮吧，我親眼看到一位摩登少婦敲門進去。」說時，他將身子向後退。李步祥道：「是不是我們認得的？」陶伯笙笑道：「熟極了的人，是魏太太。」李步祥哈哈大笑道：「更是瞎扯淡，她是老范的賭友，算賭帳來了。避什麼嫌疑。」說著，他不拉陶伯笙了，徑直地走向范家門口去敲門。

第六回　巨商的手法

在重慶這地方，和江南一樣，很少關閉大門的習慣。李步祥並不想到范家大門是關閉的，走向前，兩手將門推了一下，那門就開了。他在門外伸頭向裡一看，就見隔了天井的那間正屋，算是上海客堂間的屋子裡，那套籐製沙發式的椅子上，范寶華和魏太太圍了矮茶几角坐著。他突然地走進來，范先生哦了一聲。魏太太顯著驚慌的樣子，紅著臉站了起來。

李步祥實在沒有想到這有什麼祕密，並不曾加以拘束，還是繼續地向裡面走，范寶華先也是臉紅著，後來就把臉沉下來了，瞪了眼問道：「你沒有看到老陶嗎？」李步祥站在屋子門口頓了一頓。笑道：「他在弄堂裡站著呢。」范寶華道：「他沒有告訴你今天不要來找我呀？」李步祥笑道：「他倒是攔著我不要進來的。可是有了好消息，片刻不能耽擱，我不能不來！」范寶華依然將眼睛瞪了他道：「有什麼要緊的事，片刻不能耽擱？」李步祥伸手亂摸著光和尚頭，只是微笑。

陶伯笙知道李步祥是個不會說話的人，立刻跟著走進大門裡來，代答道：「老范，你的發財機會又來了。剛才我遇到何經理，他說，他那定單，已經代領下了。他說，你快點去，每一分鐘都有關係。我問他是不是黃金官價要提高……」不曾把話說完，李步祥立刻代答道：「的確是黃金官價要提高。」

陶伯笙一面說著，一面走進屋子來。看到魏太太就點了個頭笑道：「還賭博債來了，我不是和你說了嗎，范先生不在乎這個，你何必急急地要來。」魏太太紅著臉，呆坐在籐椅上，本來找不著話說。陶伯笙這樣提醒了幾句，這倒讓她明白了。這就站起來笑道：「我也知道。可是欠人家的錢，總得還人家吧？不能存那個人家不要就不還的心事吧？」

那范寶華聽到陶李二人這個報告，就把魏太太的事放在一邊，望陶伯笙道：「怎麼不真？他簡直話都不容我多說一句，就催著我快快地來請你去。」范寶華道：「何經理倒不是開玩笑的人，他來請我去，一定有要緊的事。」於是回轉身來向魏太太笑道：「我得到銀行裡去一趟，可不可以在我家寬坐一下，我叫吳嫂陪著你。」魏太太也站起來了，將搭在椅子背上的大衣提起，搭在手臂上。笑道：「范先生不肯收下款子，讓我有什麼法子呢？只好改日再說了。」

范寶華將手連連地招著，同時還點點頭，笑道：「不忙不忙，請稍坐一會。我上樓去拿帽子。」說著，跑得樓梯冬冬作響。一會兒，左手夾住皮包，右手拿了帽子，又回到客堂裡來。將帽子向陶李二人揮著道：「走，走，我們一路走。」陶李二人看他那樣匆忙的樣子，又因魏太太站著，要走不走的樣子，情形很是尷尬，也不願多耽擱，早是在主人前面，走出了天井。

范寶華跑出了大門幾步，卻又轉身走了回去。見魏太太已到了天井裡，便橫伸了二手，將去路攔著。低聲笑道：「我還有東西沒有交給你呢，無論如何，你得在家裡等著我。」說時，在懷裡摸出那個扁紙包，對魏太太晃了一次，笑嘻嘻地站著點了個頭，料著不會走開，也就放心走了。他走出弄堂口，見陶李二人，都夾了皮包，站在路旁邊等著，便笑道：「為我的事，有勞二位跑路，不知道還有什麼別的沒有？」李步祥道：「我們還有什麼見教的，不過我們願說兩句知己話。」

陶伯笙見他說到這裡，不住地站在旁邊向他使眼色。李步祥伸手摸著和尚頭道：「你不用打招呼，我知道。老范交女朋友，他有他的手段，我們用不著管。我說的還是教老范不要錯過這個機會，能夠搶購多少，就搶購多少，一兩金子，總可以賺個對本對利，這不比作什麼生意都好得多嗎？有了錢交女朋友，那沒有問題，交哪種女朋友，都沒有什麼困難。」陶伯笙道：「你這不是廢話，人家作幾百兩金子，還怕不明白這個。老范，快走吧。那何經理說了，一分鐘都是可寶貴的。我們明天早上，在廣東酒家見吧。等候你的好消息了。」說畢，拉了李步祥，就向街的另一端走去。

范寶華望著他們後影時，陶伯笙還回轉身來，抬起手向他擺了兩擺，那意思好像表示著絕不亂說。范寶華倒是發財的事要緊，顧不了許多，也就夾著皮包，趕快地奔向萬利銀行。他一路來，都是不住地看著手錶的。他到萬利銀行，還是十一點半鐘。徑直地走向經理室，見何經理坐在寫字臺邊，這就脫下帽子，向他深深地點了個頭，笑道：「多謝多謝，我得著消息，立刻就來了。有什麼好消息？」

何經理對房門看了一看，見是關著的，便指了寫字臺旁邊的椅子，讓他坐下。笑道：「我幫助你再發一注財吧。這消息可十分的嚴密。大概明後天，黃金官價就要提高。說不定就是明天。你能不能再調一筆頭寸來，我和你再買三百兩。」范寶華的帽子，還戴在頭上，皮包還夾在肋下呢。在旁邊聽著何經理的話，簡直出了神，笑了一笑道：「當然是好事，我哪裡調頭寸去，這樣急？」

何經理打開抽屜，取出自用的一聽三五牌紙菸，放在寫字臺的角上，笑道：「不忙，我們慢慢地談吧。先來一支菸。」說著，在菸筒子裡取出一支菸，交到范寶華手上，又掏出口袋裡的打火機，給客人點著菸。范寶華心裡立刻想到，何經理為什麼這樣客氣？平常來商量款項，只有看他的顏色的，今天有點反常了，這必定有什麼花樣暗藏在裡面，這倒要留神一二。於是將皮包和帽子，都放在旁邊沙發上，依然坐到寫字臺旁邊來。在他這些動作中，故意顯著遲緩，然後微偏了頭噴出兩口煙，笑道：「怎麼能夠不忙。假如是明天黃金百價提高，今天上午交款，已經是來不及了。下午交出支票，中央銀行今天晚上才交換，明天上午才可以通知黃金儲蓄部收帳，恰好，黃金已經是漲價了。我們這不算是白忙。」

何經理笑道：「閣下既然很明白，為什麼不早點來呢？若是今天上午交出支票去，黃金儲蓄處今天下午就可以收帳，開下定單。」范寶華將腳在地面頓了兩頓道：「唉！曉得黃金提價的消息，會在這時候出來，我昨晚上就不必睡覺了。」

何經理笑道：「今天早上你為什麼不來呢？你不是該來拿定單的嗎？過去的話也不提了，我問你一句，是不是還想買幾百兩？」范寶華道：「當然想買，你有什麼辦法嗎？有辦法的話，我願花費一筆額外的錢。」

何經理也取了一支菸吸，然後微笑了一笑。他架了腿坐著，顛動了幾下身子。然後笑道：「辦法是有的，你在今天下午或者明天上午，把頭寸調了來交給我，我就可以把黃金定單交給你。」范寶華道：「那很簡單啦。我不有三四百兩定單在你這裡嗎？我再抵押給你們就是了。」

何經理噗嗤的一聲笑了。因道：「你也太瞧不起我們在銀行當經理的了。你有黃金定單在我這裡，我要放款給你，我還得請人去找你，我們是頭寸太多，怕他會凍結了嗎？這樣作銀行，那也太無用了。我們與其押人家的黃金定單，何不自己去儲蓄黃金呢？」說到這裡，他沉吟了一下，緩著聲音道：「這兩天我們正緊縮放款。」他說著吸了一口菸。

范寶華聽了這話，就知道萬利銀行所有的款子，都調去作黃金儲蓄了，或者是買金子了。於是也沉默著吸了紙菸暫不答話，心裡可又在想著，他找我來既然不是叫我把黃金定單押給他，可是他叫我在今明天調大批頭寸給他，那是什麼意思，莫非他們銀行鬧空了，拉款子來過難關吧？那麼，我那四百兩黃金定單放在他銀行裡那不會有問題嗎？這就笑著向何經理道：「人心也當知足，那四百兩黃金定單，還沒有到手呢，我又要想再來一份了。」

何經理含著微笑，也沒有說什麼，口裡含著菸卷，把寫字臺抽屜打開，取出三張黃金定單，送到范寶華面前，笑道：「早就放著在這裡了。你驗過吧。一張二百兩，二張一百兩。」范寶華說著謝謝，將定單看過了，並沒有錯誤，便折疊著，放在西裝口袋裡，同時取出萬利銀行的收據，雙手奉還。

何經理笑道：「范先生沒有錯吧？辦得很快吧？實話告訴你，到今天為止，我們經手定的黃金儲蓄，已超過五千兩了，可是這都是和朋友辦的，我們自己一兩未做。我們自己的業務，在辦理生產事業，馬上就動手，為戰後建國事業上，建立一點基礎，也可以說為自己的業務，建立一個固的基礎。買賣黃金，縱然可以賺少數的錢，究竟不是遠大的計劃。」范寶華聽他這篇堂堂正正的言論，再看他沉著的臉色，倒好像是在經濟座談會上演講。心裡也就想著：這話是真嗎？於是又取了一支菸吸著，噴出一口煙來，手指夾了菸支，向菸灰碟子裡彈著灰，卻偏了頭望著他道：「難道你們就一兩都不做嗎？你們拿到定單是這樣容易，不做是太可惜了。你們縱然嫌利息太小，不夠刺激，就是定來了，轉讓給別人，就說白幫忙吧，這也對來往戶拉下了不少的交情，將來在業務上，也不是沒有幫助的呀。」

何經理將菸支夾著，也是伸到桌子角上菸碟子裡去，也是不住地將中指向菸支上彈著灰。先是將視線射在菸支上，然後望了范定華笑道：「難道聽到了什麼消息，知道我們的作風嗎？那麼，你的消息也很靈通呀。」范寶華搖搖頭道：「我沒有聽到什麼消息。怎麼樣？何經理肯這樣辦？」

何經理吸了一口菸，笑道：「你是老朋友，我不妨告訴你。在今日上午聽到黃金要提高官價的消息，我們分散了四十個戶頭，定了一千兩。這兩千萬元，在十一點鐘以前，我們就交出去了。這些黃金，我們並不自私地留下，朋友願作黃金儲蓄的，在今日下午四點鐘以前，把款子交給我們，只要趕得上今日晚上中央銀行的交換，我們就照法幣二萬元一兩，分黃金儲蓄單給他。不論官價提高多少，我們都是這樣辦。」范寶華望了他道：「這話是真的？」

何經理笑道：「我何必向你撒謊？你若是能調動一千萬的話，後天我就交五百兩黃金定單給你。」范寶華笑道：「一千萬，哪裡有這麼容易？」何經理笑道：「你手上有五金材料和百貨的話，現在拋出去，絕對是時候了。勝利是越來越近了。六個月後，也許就收復了武漢廣州。海口一打通，什麼貨不能來？」范寶華道：「這個我怎麼不明白？可是我手上並沒有什麼貨了。」

何經理笑道：「端著豬頭，我還怕找不出廟門來嗎？隨便你吧。」范寶華靜靜地吸了兩口菸，笑道：「好的，我努力去辦著試試看。下午四點鐘以前，我一定到貴行來一趟。大概四五百萬，也許可以蒐羅得到。」何經理笑道：「那隨便你，兩萬元一兩金子，照算。這可是今日的行市，明日可難說。現在十二點鐘了，我們上午要下班了。」范寶華明白他說鐘點的意思，還有什麼可考慮的，立刻輕輕一捶桌子，站起來道：「我努力去辦吧。還有三個半鐘頭，多少總要弄點成績來。」說畢，夾了皮包，戴了帽子，和何經理一握手，匆匆地就走出了銀行。

在大街上隨處可以看到女人，也就聯想到了家裡還有一位魏太太在等著。發財雖是要緊，可是女朋友的交情，也不能忘了。他沒有敢停留，徑直地就走回家來。他想著，曾拿出那副金鐲對魏太太小表現了一下，料著她會在這裡等著的。因之一推大門，口裡就連連道地著歉道：「對不住，讓你等久了。」說著話搶進了堂屋，卻是空空的，並沒有人。自己先咦了一聲，便接著大聲叫了一句吳嫂。

那吳嫂在藍布大褂外，繫了一條白布圍襟，她將白布圍襟的底擺掀了起來，互相擦著自己的手，由屋後面廚房裡走出來。把臉色沉著，一點不帶笑容，問道：「吼啥子？我又不逃走。」范寶華見她那胖胖的長方臉上，將雪花膏抹得白白的，在兩片臉腮上，微微地有了一些紅暈，似乎也擦了一點胭脂了。她那黑頭髮梳得滑光亮，將一條綠色小絲辮，在額頭上層紮了半個圈子，一直紮到腦後，在左邊耳鬢上，還扭了個小蝴蝶結兒。雖然是終年在家裡看見的傭人，可是今天看見她，就覺得特別漂亮。因之吳嫂雖把話來衝了兩句，可生不出氣來，便笑道：「你不知道，今天下午，我有幾百萬元的生意要作，趕快拿飯來吃吧。」

吳嫂笑道：「我曉得。陶先生李先生來說過喀，金子要漲價，你今天搶買幾百兩，對不對頭（即是不是之謂）？」范寶華連連的點頭笑道：「對頭對頭。我買成了，送你一隻金戒指。」吳嫂頭一扭道：「我不要。送別個是金鐲子，送我就只有金箍子。你送別個金鐲子有啥用？你叫我忙了大半天，作飯別個吃。把腦殼都忙昏了，才把飯燒好，別個偏是不吃就走了。」范寶華道：「魏太太走了，沒關係，她還要來的。」吳嫂道：「該歪喲（不正當之驚嘆詞）！」說著一扭身子走了。范寶華也就只好哈哈大笑。

吳嫂雖然心裡很有點不以為然，可是聽說范先生今天要買幾百兩金子，是個發財的機會，范先生發大財，少不了要沾些財運，就把做好了的菜飯，搬了來讓范寶華吃。老范聽說魏太太不吃飯就走了，在吳嫂那種尷尬面孔下，又不便多問，他忽然又一個轉念，這個女人，是自己抓住了辮子梢的，根本跑不了。而且她很需要款子，不怕她不來相就。現在還是弄錢買金子要緊，再發一注財，耗費百分之幾，她姓魏的女人，什麼話不肯聽。

他想定了，匆匆地吃過午飯，在箱子裡尋找出一些單據，夾了皮包就向外跑。走到弄堂口上，吳嫂在後面一路叫著先生，追了出來；范寶華站住腳，回頭看時，見她遠遠地將手舉著一條白綢手絹，她走到面前，笑道：「忙啥子嗎？帕子也沒有帶。」說著，把手絹塞到他西服口袋裡。她周圍看了看，並沒有人，低聲笑道：「你是去買金子吧？給我買二兩，要不要得？」范寶華笑道：「你也犯上了黃金迷。」吳嫂笑道：「都是有耳朵眼睛的人嗎！自己不懂啥子，看人家發財，也看紅了眼睛嗎！」范寶華站著對她望望，眼珠一轉，笑道：「只要你聽我的話，辦事辦得我順心，我就買二兩金子送你。」說著，伸手摸了吳嫂一下臉腮，趕快轉身就走。吳嫂在身後，輕輕說了一聲該歪喲！

范寶華哈哈大笑，走上了大街。他第一個目的地，是興華五金行。這是一所三層樓的偉大鋪面，樓下四方的大小玻璃貨櫃裡，都陳列著白光或金光閃爍的五金零件。他推開玻璃門走進，對穿著西裝的店夥笑著點了一個頭，問道：「楊經理在家嗎？我有好消息告訴他。」那店夥對他也有幾分認識，他既說了有消息來報告，便答應了經理在樓上。

范寶華夾了皮包向樓上走。這樓上顯然表示了一副國難富商的排場。一列玻璃隔扇門，其中兩扇花玻璃門，在門上有黑漆字圈著金邊，標明經理室。范寶華心想：兩個月來，姓楊的越發是發財了。便在門外邊，敲了兩敲門。裡面說聲進來。他推門進去，見楊經理穿著筆挺無皺的花呢西服，坐在寫字桌邊的紫皮轉椅上。挺了個大肚子，露出西服裡雪白的綢襯衫。手上夾了半截雪茄，塞在外翻的嘴唇皮裡。在那夾雪茄的手指上，就露出一枚很大的白金嵌鑽石的戒指。五六十歲的人了，半白的頭髮梳理得油淋淋的。那扇面形的胖臉，修刮得沒有一根鬍渣子。只看這些，他就氣概非凡了。

范寶華也見過不少銀行家，可是像楊經理這樣搭架子的，也還不多。這屋子那頭，另外兩張寫字臺，都有穿了漂亮西服的人在辦公。范寶華一進門，楊經理就站起來，向他點點頭道：「范先生好久不見。這兩天生意不錯呵！成交了整千萬。請坐請坐。」說時，指了寫字臺邊的椅子。

范寶華取下了帽子和皮包同放在旁邊的茶几上，然後坐下。笑道：「楊經理的消息，真是靈通。」楊經理將他肥胖的身體，向椅背上靠了去，口銜了雪茄，微昂起頭來笑了一笑。然後取出雪茄來在菸灰碟子上敲著，望了他道：「慢說五金和建築材料，這些東西，在市面上有大批成交瞞不了我，就是百貨，布匹，紙菸，大概我肚子裡也有一本帳的。」說到這裡，有工友進來敬茶敬菸。

范寶華借了這吸菸喝茶的機會，心裡轉了兩個念頭，心想：這傢伙老奸巨猾，在他面前是不能耍什麼手腕的，便望了他笑道：「老前輩，我是無事不登三寶殿。我還有一點存貨，想換兩個錢用，你願意收下嗎？我這裡有單子。」說著拿過皮包來，在裡面取出一張貨單子，雙手捧著，送到楊經理面前。他左手指頭縫裡，依然夾了半支雪茄，右手卻託了那單子很注意地看著。看完了，放在桌上，將五個指頭輪流地敲打桌沿，望了他問道：「你為什麼把東西賣了？鉛絲，皮線，洋釘，以及那些五金零件，就是現在海口打開了，馬上也運不進來。放著那裡，不會吃虧的。」

范寶華道：「我怎麼不知道？無奈我急於要調一筆頭寸，不能不賣掉它。」楊經理笑道：「你剛得了整千萬的頭寸，沒有幾天，現在又要大批的錢，我想著你是買金子吧？這是好生意。」范寶華笑道：「我囤著這些東西，也不見得就不是好東西呀。我實在是要調一批頭寸還債。」楊經理銜著雪茄噴了一口煙，笑道：「我們談的是買賣，我可不是查帳員，這個我管不著。」說著，又拿起那單子來看了看，沉吟著道：「這些東西，我們也不急於要收買。閣下打算賣多少錢？」說著，仰在椅子背上，昂頭吸了兩口菸。目光並不望他。

這時，在那邊桌上，一個穿西裝的中年漢子，捧了一疊表格過來，站在楊范兩人之間，將表格送到楊經理面前。向他使了個眼色。那表格上有一張字條，自來水筆寫了幾行字，乃是皮線鉛絲極為缺貨。楊經理將手擺了一擺道：「現在我們正在談買賣呢，回頭再仔細地看。」那人拿著表格走了。

范寶華道：「照那單子上的東西，照市價估價，應該值七百萬，我自動地打個九折吧。」楊經理微笑著搖了兩搖頭，然後又對他臉上注視了一下，笑道：「老弟臺，你不要把我當作機關的司長科長呀。你這些東西，我買來了是全部囤著，尤其是皮線鉛絲之類，我們存貨很多。這樣的價鈔，你向別處張羅張羅吧。」說著，他將寫字臺上的文具，向前各移了一下，表示著毫無心事談生意。范寶華望了他道：「怎麼著？連價也不還嗎？」那楊經理又吸上兩口雪茄，微搖了兩下頭，態度是淡漠之至了。

第七回　大家都瘋魔了

關於楊經理的商業情形，范寶華是知道得很清楚的，只要是五金材料，人家肯賣給他，他是來者不拒的，而且自己所囤的東西，他也曾間接託人接洽過兩次。原料著今日移樽就教，又自願打個九折，他必然是慨然接受。現在他卻表示著並不需要，甚至連價錢，都不屑於過問一聲，難道他的五金材料，收得太充足了？或者他也沒有頭寸？關於前者，那不會，他就是囤五金材料發的大財，現在開著大門作生意呢，焉有不收五金之理？關於後者，那更不會，他的錢是太多了。千兒八百萬的，在他簡直不算是開支。

在楊經理猶疑沒有答覆之下，在身上取出紙菸盒與打火機來，緩緩地吸著菸。他表面上表示著從容，心裡卻是加十倍的速度在思索，怎樣可以作成這筆買賣，他知道到萬利銀行交款的時間，只有兩三小時了。兩三分鐘的猶豫，他就直率地向楊經理道：「實不相瞞，今天我抱著十二分的希望來拜訪的。我只猜到在價錢上應當退讓一點，才可以成交，不想楊經理乾脆地不要。我在今日下午，非把東西變出錢來不可，到了四點鐘，銀行已經關門，那我就得大失信用。只好拚了兩條腿，趕快去跑吧。」他在臉上表示出無可奈何的樣子，慢吞吞站了起來，先把放在旁邊的皮包提起，夾在肋下，然後將帽子拿在手上，向楊經理點了個頭。

到了此時，楊經理方才站起來，笑著點點頭道：「何必這樣忙，好久不見，見了擺擺龍門陣吧。」范寶華道：「老前輩，你應當知道我心裡是怎樣地著急，四點鐘我得給人家錢，現在已是一點鐘了。」楊經理道：「得給人家多少錢？」范寶華道：「不少，總得七八百萬。」說著，將帽子蓋在頭上，就有個要走的樣子。楊經理手指夾了雪茄，連連向他招了幾招，笑道：「不忙不忙，我們還可以談談。你這是怎麼了？以為我不足與談嗎？坐著坐著。」說畢，他又贅上了這麼坐著坐著四個字。范寶華看他這個樣子，是大可轉圜，便又伸手把帽子摘下來，站在椅子邊。

楊經理將手對椅子指了一下，笑道：「你先坐著談談。假如價錢合得攏的話，我未嘗不可以把你這批貨留下來。」范寶華聽了這話，就知道這老傢伙是一種欲擒故縱的手腕。自己剛才做的這個姿態，那完全是對了。因之皮包依然夾在肋下，站著笑道：「老前輩，我在你面前，絕不能耍花槍。我今天非七八百萬，不能過去，滿以為在這裡可以湊合六百萬，其餘一二百萬，再想辦法。不料你老人家利俐落落的，來個不接受，這讓我絲毫希望都沒有。我還在這裡乾耗著幹什麼呢？」

楊經理將兩個指頭捏住了半截雪茄，在菸灰碟子上輕輕地敲著，微笑道：「你的意思，以為我故意愛睬不睬，是有意按下你的行市。再明白說一點，是殺價，嚇嚇！」他輕描淡寫地在嗓子眼裡笑了一聲。范寶華對這老傢伙臉上一看，見他在沉著的臉上，泛出一種奸猾的笑容，依然是不即不離，心裡著實有點生氣，於是又將帽子蓋在頭上，扭轉身子去。而且這一動作，跟著上來，是非常地迅速，他已手扶了經理室的玻璃門，有著拉門出去的樣子。

楊經理皺著眉苦笑了一笑，亂招著手道：「不忙走，不忙走，我們慢慢地商量。」范寶華笑道：「老前輩，你可別拿我開玩笑啊，你若願意買的話，你就出個價錢，不願意……」楊經理笑道：「小夥子，你不要性急呀，我不收買五金材料，我是幹什麼的？坐下談十分鐘，誤不了你的事。」范寶華抬起手臂來，看了看手錶，點著頭道：「好吧，就再談五分鐘吧。」說著，在寫字臺邊椅子上坐了，將皮包和帽子，全放在懷裡，笑道：「我恭敬不如從命，我沒話說，就聽楊經理吩咐一句話。」

那張貨單子，還在楊經理手卜呢，他現在算放下了雪茄，兩手拿了貨單子，很沉靜地從頭至尾看上了一遍。點點頭道：「照你這單子上開的貨價，倒是和市價所高有限，再打一個九折，那也就平行了。這些貨拿到手，我也不知道什麼時候可以賣出去，至少，我得打上一個月的子金。廢話少說，貨，我要了，價錢照你單子上開的，打個八折。我的答覆，沒有超過十分鐘的工夫吧？」說著，拿起放在菸灰碟子上的小半截雪茄。他也不管雪茄頭上是否點著的，就向嘴角裡一塞。然後將背靠在轉椅的椅背上，半昂著那冬瓜式，紫棠色面孔，對范寶華望著。范寶華道：「我開的價是不是超過市價，我不必申辯。世上也沒有在關夫子廟前耍大刀的人。」

楊經理覺得他這話倒是中肯之言，不免將下巴頦點了兩點。范寶華道：「老前輩，你若是承認我的話不錯，我也不必多說，我就聽你一個一口價。」他說著，又把那懷裡的帽子，提了起來，眼望了楊經理，而且手裡轉動著帽子沿作出那個不耐煩的樣子。

楊經理笑道：「雖然如此，老兄的作風，也還不錯。」說著，把他的冬瓜頭，轉著小圈子，搖了幾搖。笑道：「好吧，就是八五折吧。你不是等著錢用嗎？我馬上就開支票給你。」范寶華道：「就開支票給我？貨樣既沒有帶來，憑據也沒有開上一紙，老前輩相信得過我？」

楊經理笑道：「你難道接了我的支票，收據都不給我一張？有收據我就有辦法。嚇嚇，老弟臺！」他最後兩句話，帶著一種得意的笑聲，在輕視的態度中，又叫了一句老弟臺。范寶華還不曾接著向下說，就看到他伸手到西服的裡口袋內，掏出一本支票簿來，向客人點了一點頭，微笑道：「買賣論分毫，等我先算一算。」

於是拿過桌子邊的算盤，撥得算盤子劈啪作響，然後指著算盤向客人道：「照你開的貨單和你定的價錢，打八五折，是五百二十五萬八千四百五十二元八角二分。零的除了，湊你一個整數。」於是將算盤末幾位，自千元以下，一陣扒動，把子都給除了，在萬位上加了一個子。然後笑問道：「老弟臺如何如何？我就照這個數目開支票。」說著，在寫字臺抽屜裡取出一支雪茄，咬掉雪茄的菸頭，向桌子角下的痰盂裡吐了去，然後把嘴角銜住了這支長雪茄。他竟自有那個能耐，抵得那雪茄像有彈簧的東西上下亂動，接著把打火機在口袋裡掏出來，打了火點著菸。那本支票簿擺在他面前玻璃板上，卻是原封未動。

范寶華正想說話，有個工友，將紅漆圓托盤，送著一隻小藍瓷花碗，放到玻璃板下。碗裡還放著一柄白銅茶匙，原來是一碗蓮子粥。楊經理問道：「還有沒有？給客人來一碗。」工友提著托盤沿，垂手站立了，低聲答道：「每天就是這一碗。」范寶華笑著搖手道：「不必客氣，我是剛吃了飯出門的。」楊經理笑道：「在這裡，不算外人，煮兩個糖心蛋吃好不好？」范寶華道：「實在是吃了午飯出來的，不必費事。」

楊經理口裡謙遜著，已是把那碗蓮子粥移近了面前，不過他嘴角上那支雪茄菸並未取下。他扶起碗裡的小茶匙，將粥裡的蓮子，兩個一雙的留著，堆到碗裡的一邊。最後，他放下茶匙，取下了雪茄，放到菸灰碟子裡，這才翻了眼向那工友道：「你去告訴廚子老朱，他是越來越不像話了。三十二粒蓮子的定額，這碗裡只有二十粒。他落下三分之一還有餘哩。去吧。」說著手一揮，叫工友走了。

范寶華看到，心想道：「好哇！我這裡和你作幾百萬的大買賣，你倒去計算稀飯裡的蓮子。」便笑道：「楊經理，我實在沒有工夫，依你這價錢，我又得吃三四十萬元的虧，但是誰讓我等著要錢用呢？好吧，我一切都依照著你的辦法辦了。」這老傢伙微微一笑，點了幾點頭，才慢慢兒地將小茶匙，舀著蓮子粥呷著。他呷粥的時候，只是把嘴唇皮抿著，斯文一脈地，將嘴舌吮唧著嘖嘖有聲。范寶華坐在旁邊側目相視。

他吃完了，將碗推開，然後掀開支票簿，將手按了一按，向老范笑道：「我就照著我們定的價寫了。」范寶華道：「隨便了。還是那句話，誰讓我等著要錢用呢？」楊經理抽出筆筒子裡的毛筆，在支票上寫下了五百二十六萬元。將筆放下了，在抽屜裡拿出圖章盒子來，在手心裡掂了幾掂，望著范寶華道：「你可以寫一張收據了。」范寶華心裡想著：反正我收你的錢，我賣貨給你，寫收據就寫收據，難道還讓畫一把刀給你嗎？於是就把桌上的信紙取過一張，用毛筆寫了收據。

楊經理看著把數目寫過了，便道：「老兄，不忙，你得添上兩句，說是另有貨單一紙存照，將來將貨交清，取回收條。」范寶華覺得這是正理，就依了他的話填寫著。但是楊經理伏在桌上望了他的字據，口裡連說著字寫小一點，小一點，還有話往上填呢。范寶華道：「還要往上添嗎？」楊經理道：「當然要把言語交代清楚。你再加上兩句此項貨物，若逾期三日不交，則款項須照每天四元拆息計算。」范寶華放下筆來，望了主人一望，微笑道：「條件訂得這樣地苛刻？」楊經理笑道：「字面上好像是苛刻，其實不成問題。你想，你拿了錢去，過了三天之久，還能不給我貨嗎？你說，你打算幾天之後，才交給我貨品呢？」范寶華低頭想了一想，說句也好，就提起筆來，再寫上這樣兩句。

楊經理手指夾著雪茄吸了兩下，笑道：「乾脆，我全告訴你，再贅上這麼兩句：此項貨物，並未交看樣品，如貨物確係次等，或是鏽蝕損壞情況，當酌量扣款。」范寶華將筆放下，伸直了腰向他望著道：「老前輩，這就太難了。蒙你的情，看得起我，信任我不會撒謊，就這樣成交了。我姓范的，不能馬上離開重慶，我能夠隨便這樣欺騙你，不想在市面上混嗎？」

楊經理皺了眉頭，笑上一笑。因道：「話雖如此，可是總得有一點保證。老弟臺，作生意談生意，我不是沒有看貨樣付的款嗎？你就這樣加上一句吧。負責保證貨品足夠水準，否則任憑退貨。」范寶華對壁鐘一看，已是兩點十分了。這老傢伙開了支票老不蓋章，便嘆了口氣笑道：「誰讓我等著要錢用呢，一切條件，我都接受了。反正我自信貨色決差不了，寫吧。」於是提起筆來，加上了這兩句，筆還是拿在手上，昂了頭望著他道：「還要寫些什麼呢？」楊經理笑道：「沒有什麼了，你帶了圖章來了沒有？」范寶華笑道：「預備借錢，豈有不帶圖章之理？」說著，在西服袋裡，將圖章拿出來，在收據上蓋好。楊經理看得清楚，也就把放在桌上的支票蓋了圖章。

兩人將支票和收據，隔了桌子角交換了，就在這時，鈴叮叮，來了電話。楊經理把桌機的聽筒拿起，首先就問：「有什麼好消息？」接著，他面色緊張了一下，接著又哦了一聲道：「這話是真的。那麼，請你趕快來一趟，我們當面談談。好的好的。」說著，把電話聽筒放了下來，向范寶華道：「哈哈！

老弟臺，我上了你一個當了。你要扯款買金子，就說買金子吧，為什麼在我面前弄這些花槍呢？」范寶華的臉色不由得閃動了一下，笑道：「楊經理，誰多我這份事？特意打個電話向你報告。」

楊老頭兒又打了個哈哈，笑道：「老弟臺，我的消息，雖沒有你得的快，可是也不會完全不知道。我已經得了的確的消息，官價從明日起，就要提高。你不是趕著找一筆頭寸去買幾百兩金子嗎？這麼一來，慢說日拆四元，就是日拆八元，你也不在乎。今天買到金子，明天你就翻了一個身。老弟臺你不夠朋友，有這樣好的消息，為什麼不告訴我？我也可以找點賺錢的機會。你怕告訴了我，我自己拿錢買金子，就沒有錢借給你嗎？」范寶華已把支票拿到手了，料著他也不會反悔，便紅著臉笑道：「消息我是得到了的，可是不知道是不是真的。我自己弄錢做他一票，弄得不對不要緊，我若鼓動楊經理去買金子，明日官價並不提高，把楊經理的款子凍結了，我可負著很大的責任。」

楊經理擺擺手道：「好了好了，不說了，算老弟臺這回鬥贏了我？范寶華也正是感到沒趣，站起身來，正待要走，卻聽到玻璃門外，有一陣很亂的腳步聲，接著連連地敲了幾下玻璃門。楊經理還不曾說請進，已是有一個人推門而進，他穿了一身灰色西服，頭上沒有戴帽子，汗珠子在額頭上只管向外冒著，臉紅紅的喘著氣，望了楊經理道：「是你老叫我來的嗎？」楊經理點點頭道：「是我叫你來的。你怎麼得著黃金加價消息的。」那人道：「是……」說到這裡走近了寫字臺一步，低了頭下去，對著楊經理的耳朵，輕輕地說了幾句。

楊經理的臉色，隨了他的報告，時而緊張，時而微笑，最後，他將手輕輕地在桌沿上拍了一下，臉一揚道：「我作他一千兩。你有辦法找得著路子嗎？」范寶華看著這樣子，他們是有點刺激了，在這裡將妨礙人家的祕密，便揣好了支票，戴上帽子，夾了皮包，站起來向楊經理道：「我這就到萬利銀行去，聽說他們有買金子的路子，假如他們還可以分讓若干的話，我給楊經理一個信。」

這楊老頭坐在他經理位子上，始終沒有離開，聽了這句話，突然站起身來，由位子上追了出來，連連地向客人招著手道：「范兄范兄，不要走，我還有話對你說。」范寶華道：「三天之內交貨，準沒有錯。」楊經理伸手拍了他兩下肩膀，笑道：「老弟臺，真的？我就這樣計較？你是個君子人，不會錯。三天之內交貨，就是一星期之內交貨，又待何妨？你說的萬利銀行這條路線怎麼樣？真可以想點辦法嗎？」說時，他的眼角上，復射出許多魚尾紋，那剃光了鬍渣子的八字嘴角，也向上翹起，微露著嘴裡的幾粒金牙。范寶華笑道：「我聽到說萬利銀行有一千兩可以勻出。他們那經理的意思只要今天下午四點鐘以前，把款交給他，他就可以把黃金定單讓出來。」

楊經理將夾著雪茄的右手騰出三個指頭來。搔搔自己的頭髮，因躊躇著道：「有？有這樣好的事？銀行界人物，見了黃金不要，而且買了來，分讓給別人？哦，哦，是了，他要賺我們幾文黑市。」范寶華道：「不，只要是今天下午四點鐘以前，把款子交給他，他還是照二萬一兩讓出來。」

楊經理剛是把手放下，要將雪茄送到嘴裡去吸，聽了這話，又把手抬上去，只是在額角上搔著頭髮。在他搔了十幾下之後，忽然笑道：「我明白了。必是今天交換差著頭寸，要抓進一筆款子。」說著，又搖搖頭道：「還是不對。今天抓一筆頭寸，明天照現款還給人家就是了。豈能把那已經提高了官價的黃金給人？分一千兩黃金儲蓄定單給人，可能就損失一千萬。天下有這樣經營銀行業務的人？」他正是這樣沉吟考慮著，先來的那個人，卻向他笑道：「楊經理，不要管人家的事，還是來談我們自己的吧。」

范寶華倒沒有理會到楊經理有什麼話在接洽，只是他說的那幾句話，卻把他提醒，那萬利銀行的何經理，為什麼不發那整千萬元的財，而願讓給別人？這裡面必然大有緣故。這卻急於要去見他，問個究竟。不等楊經理再說什麼，點個頭就奔上了大街。

只轉一個彎，頂頭就碰到了陶伯笙坐在人力車上。他口裡連連喊著停住停住，車子剛停下，他就向下一跳。三步兩步跑到范寶華面前伸手將他的手臂拉著，笑道：「范兄，我又得著兩個報告，先前那消息，完全證實。你有辦法沒有？若是作不到黃金儲蓄的話，就是買點現貨，也是極其合算的事。」

范寶華連連將他的衣服扯了幾下，瞪著眼輕輕地喝道：「你這是怎麼回事，難道你瘋了？在街上這樣談生意經。」陶伯笙回想過來了，笑道：「我實在是興奮過甚，到處找你，找到了你，我多少有點辦法了。」說著，挽了范寶華一隻手臂，開著步子就向前走，後面有人叫道：「朗個的？不把車錢就跳了(跳讀如條)。」陶伯笙哈哈笑了起來。回轉身會了車錢。

范寶華笑道：「你的消息果然是真的話，我算大大的有筆收入。我可以幫你一點忙，現在沒有了說話的機會，快先上萬利去吧。」兩個人說著話，走了小半截街，卻見李步祥同著一個穿藍布大褂的人，由橫街上穿了出來，開著很快的步子走路，像是要尋找什麼。

范寶華叫了聲老李，他突然站住。看到了范陶兩位，飛步跑過來。這就老遠的抬一隻手，一路的招著。到了面前，喘著氣笑道：「我到處找你，你到哪裡去了？」他站定了腳，看看陶伯笙笑道：「你跟上了大老闆，有點辦法嗎？」說著，走近一步，把臉伸到陶伯笙肩膀上來，將手掩了半邊嘴，對了他的耳朵，輕輕道地：「你買了一點現貨沒有？銀樓幫，似乎也得了消息，吃過午飯以後，銀樓對付客人，只賣錢把重的金戒指，你要其餘的東西，他們一律宣告無貨。」

陶伯笙道：「真的？」李步祥指著後面跟上來的那個人道：「這是我們同寓的陳夥計。我們已經碰了不少釘子了。可是我們絕對將就，你賣金戒指，我就買金戒指。你賣一錢，我就買一錢。」那陳夥計翹起兩撇八字鬍，笑嘻嘻地站在路頭上，看到范陶兩人，抱著拳頭拱拱手。

范寶華想起起來了，這位仁兄，是帶了鋪蓋捲到中國銀行排班買金子的，便點頭笑道：「陳老闆跑得這樣起勁，有點成績嗎？」陳夥計一聽他帶下江口音，便在袖籠子裡抽出一條手絹，擦著額頭上的汗，因笑道：「既然銀樓裡向格人才是一副尷尬面孔，伊拉勿是作生意，是像煞債主上門勿肯還債。阿拉勿要去哉！」范陶兩人都哈哈大笑。

陶伯笙笑道：「你管他什麼面孔，只要他賣你就買，你明天就賺他個對本對利。」李步祥笑道：「你鬼，他還鬼呢。他們到了現在，對付顧客，乾脆，就說沒有貨。我們想著無路，還是來找范先生。」說著，就近一步，低了聲音向他道：「有法子買現貨沒有？范先生買大批的，我們湊點錢，買點金子邊。」

范寶華抬起手錶看了看，因道：「轉彎就是一個茶館，你們在茶館裡泡一碗沱茶喝，等我好消息吧。」說著，扯腿就走，只走了二十家鋪面，卻見魏太太穿了件花綢夾袍子，肋下夾著皮包，半高跟皮鞋，走得人行路水泥地面的的咯咯作響。她正是揚著眼皮朝前走，到了面前，看到范寶華，似乎吃了一驚，嚇的一聲笑著站住。

老范也嘻嘻地笑了，因道：「為什麼不吃飯就走了？」魏太太撩著眼皮，向他笑了一笑道：「我怕你趕不回來。金價果然要提高了，你今天買了多少？」范寶華道：「還正在跑呢。」魏太太站著呆著臉沉默了一會，撩著眼皮向他一笑道：「你猜我在街上跑什麼？我也是想買點現貨呀。你……你上午說的……」說著，又嘻嘻向范寶華一笑。

第八回　如願以償

在今日上午，范寶華掏出懷裡那個扁包，向魏太太晃了一晃，他是很有意思的，料著在今日全市為金子瘋狂的時候，現在有金首飾要送她，她不能不來。這時魏太太問起上午說的事，他就料著是指金首飾而言。因笑道：「我當然記得。幸而我是昨天買的，若挨到今天下午，出最大的價錢，恐怕也買不到一錢金子。」魏太太把頭低著，撩起眼皮向范寶華看了一看，抿了嘴笑道：「你……哼……恐怕騙我的吧？」說著，又微微地一笑。

范寶華在她幾次微笑之後，心裡也就想著：人家鬧著什麼，把這東西給人家算了。他正待伸手到懷裡去探取那個扁紙包的時候，見魏太太扭轉身去看車子，大有要走的樣子，他立刻把要抬起來的手，又垂了下來了。笑道：「這時在大街上，我來不及詳細地和你說什麼。你七八點鐘到我家裡來找我吧。我還有要緊的事到萬利銀行去一趟，來不及多說了。你可別失信。」說著，伸手握著她的手，輕輕搖撼了兩下，接著對她微微一笑，立刻轉身就走了。

魏太太雖然感到他的態度有些輕薄，可是想到他的懷裡還收藏著一隻金鐲子呢。這個時候，一隻鐲子，可能就值七八萬，無論如何，不能把這機會錯過了。她站在人行道上，望了范寶華去的背影，只是出神。這位范先生在她當面雖是覺得情意甚濃，可是一背轉身去，黃金漲價的問題就衝進了腦子，拔開大步，就奔向萬利銀行。當他走到銀行裡經理室門口時，茶房正由屋子裡出來，點了個頭笑道：「范先生，經理正在客廳裡會客呢。」他聽說向客廳去，卻見煙霧繚繞，人手一支香菸，座為之滿。何經理正和一位穿西服的大肚胖子，同坐在一張長籐椅上，頭靠了頭，嘀嘀咕咕說話。

范寶華叫了一聲何經理，他猛可地一抬頭，立刻滿臉堆下了笑容，站起身來向前相迎，握了他的手道：「老兄真是言而有信，不到三點鐘就來了。我們到裡面去談談吧。」說時，拉了他的手，就同向經理室裡來。

他不曾坐下，先就皺了兩下皺眉頭，然後接著笑道：「你看客廳裡坐了那麼些個人，全是為黃金漲價而來的，守什麼祕密，這消息已是滿城風雨了。怎麼樣？你有了什麼新花樣？」說著，在身上掏出一隻賽銀的扁菸盒子，按著彈簧綳開了蓋子，托著盒子到他面前，笑道：「來一支菸，我們慢慢地談談吧。」

主客各取過一支菸，何經理揣起菸盒子，再掏出打火機來，打著了火，先給客人點菸，然後自己點菸，拉了客人的手，同在長沙發上坐下，拍了范寶華的肩膀道：「我姓何的交朋友，實心實意，不會冤人吧？」范寶華笑道：「的確是實心實意，不過我想著貴行雖不在乎千把兩黃金的買賣，但是黃金官價一提高，你們讓出去了，就是整千萬元的損失，這……這……」他不把話來說完，左手兩個指頭，夾了嘴角上的菸卷，右手伸到額頂上去，只管搔著頭髮。何經理吸著一口菸，噴了出來。笑道：「范先生，你想了這大半天，算是把這問題想明白過來了嗎？這些問題，暫時不能談，不過我可負責說一句，假使你這時有款子交給我，我準可以在明天下午，照你給錢的數目，付給你黃金儲蓄定單，決計一錢不少。」

你若放心不下，你就不必做，這問題是非常的簡單。」范寶華笑道：「我若是疑心你，我今天下午就不來了。我打算買進三百兩，你可以答應我的要求嗎？」說著，就把帶來的皮包打開，由夾縫裡取出一張支票，對著何經理揚了一揚，因笑道：「六百萬還差一點零頭，我可以找補現款。」

何經理道：「差點零款沒有關係，你就不找現，我私人和你補上也可以。」范寶華聽了，臉上又表現了驚異的樣子。他的話還不曾說出來，何經理已十分明了他的意思，便笑道：「當然，你所謂零頭，不過三五萬的小數目。若是差遠了，我有黃金儲蓄單，還怕變不出錢來，反而向你貼現嗎？」范寶華直到這時，還摸不清他這個作風，是什麼用意。好在是求官不到秀才在，縱然萬利銀行失信，不交出三百兩黃金儲蓄單，給他的六百萬元，作為存款，他們也須原數退回，於是不再考慮，立刻把得來的那張支票，交給何經理。笑道：「貴行我的戶頭上，還有百十萬元，難道我有給不付，真讓何經理代我墊上零頭不成？何況零頭是七十四萬呢？」說著，在身上掏出了支票簿，就在經理桌上，把支票填上了。

何經理口銜了支紙菸，微斜地偏了頭，看他這些動作。他將支票接過去之後，便將另一隻手拍了兩拍范寶華的肩膀，因笑道：「老兄，明天等我的消息吧。」正說到這裡，他桌上的電話機，鈴叮叮地響了起來。何經理接了電話之後，手拿著耳機，不覺得身子向上跳了兩跳，笑道：「加到百分之七十五，那可了不得，你是大大地發了財了，是是是，我盡量去辦。好，回頭我給你電話，沒有錯。五爺的事，我們無不盡力而為。好好，回頭見。」他放下了話筒，遏止不住他滿臉的笑容，轉身就要向外走。他這時算是看清楚了，屋子裡還站著一個人呢。便伸著手向他握了一握，笑道：「消息很好。」

范寶華道：「是黃金官價提高百分之七十五？」何經理笑道：「你不用多問，明天早上，你就明白了。哈哈！」說著，他正要向外走，忽然又轉過身來，向范寶華笑道：「我實在太亂，把事情都忘了。你的送款簿子帶來了沒有？應當先完成手續，給你入帳。」范寶華覺得他這話是對的，這就在皮包裡取出送款簿子來交給他。何經理按著鈴，把茶房叫進來，將身上的支票掏出，連同送款簿，一併交給他道：「送到前面營業部給范先生入帳，免得他們下了班來不及。」說畢，回頭向范寶華笑道：「你坐一會兒，我還要到客廳裡去應酬一番。」說完了，他也不問客人是否同意，逕自走了。

范寶華在經理室坐著吸了一支紙菸，茶房把送款簿子送回。他翻著看看那六百萬元，已經寫上簿子，便揣起來了。坐在沙發上又吸了一支菸，何經理並沒有回來，他靜靜地想到了魏太太會按時而來，也不再等何經理回到經理室，夾了皮包就向回家的路上走。走了大半條街，身後有人笑著叫道：「范先生，還走啦，讓我們老等在茶館裡嗎？」

范寶華呵喲了一聲笑道：「我倒真是把你們忘了。你不知道，我急得很。」說話的是陶伯笙，迎上前低聲笑道：「我剛才特意到這街上銀樓去打聽行市，牌價並沒有變動，可是比上午做得還緊，你就是要打一隻金戒指他也不賣了。這種情形無疑的，明天牌價掛出，必定有個很大的波動。你說急得很，怎麼樣？還沒有抓夠頭寸嗎？」

范寶華左手夾了大皮包，右手是插在西服袋裡的。這時抽出右手來舉著，中指擦著大拇指，在空中啪的一聲彈了一下響。笑道：「實不相瞞，我已經買得三百兩了。今天跑了大半天，總算沒有白跑。」陶伯笙道：「那我們也不無微勞呀。請你到茶館裡去稍坐片時，大家談上一談，好不好？」

范寶華抬起手臂來，看了一看手錶。笑道：「我今天還有一點事。你們的事，我當然記在心裡，我金子定單到手，每位分五兩。」說著，扭身就要走。陶伯笙覺得這是一個發財機會，伸手把他衣袖拉住，笑道：「那不行。你今天大半天沒有白跑，總也不好意思讓我和老李白跑。你得……」

范寶華道：「我的事情，還沒有完全辦了。明天早上八點鐘，我請你在廣東館子裡吃早點。準時到達不誤。」他說著，扭身很快地跑走。走遠了，抬起一隻手來，招了兩招，笑道：「八點鍾不到，你就找到我家裡去。」說到最後一句話，兩人已是相距得很遠了。

他一口氣奔到家裡，心裡也正自打算著，要怎樣去問吳嫂的話，魏太太是否來過了。可是走進弄堂口，就看到吳嫂站在大門洞子裡，抬起一隻手來，扶著大門，偏了頭向弄堂口外望著。范寶華走了過來，見她沉著個臉子，不笑，也不說話，便笑問道：「怎麼不在家裡作事，跑到大門口來站著？」吳嫂冷著臉子道：「家裡有啥子事嗎！別個是摩登太太嗎，我朗個配和別個說話嗎？我也不說話，呆坐在家裡，還是看戲，還是發神經嗎！」憑她這一篇話，就知道是魏太太來了。

范寶華就輕輕拍了她兩下肩膀笑道：「我給你二兩金子儲蓄單子，你保留著，半年後，你可以發個小財。」吳嫂一扭身子抬起手來將他的手撥開，沉著臉道：「我不要。」范寶華笑道：「為什麼這樣撒嬌，井水不犯河水，我來個客也不要緊呀。進去進去。」吳嫂手叉了大門，自己不動，也不讓主人走進去。

范寶華見她這樣子，就把臉沉住了。因道：「你聽話不聽話，你不聽話，我就不喜歡你了。」說著，手將大腿一拍。主人一生氣，吳嫂也就氣餒下去了。她把臉子和平著，帶了微笑道：「不是作飯消夜嗎？我已經大致都做好了。我作啥子事的嗎，我自然作飯你吃。不過，你說的話要算話。你說送我的東西，一定要送把我咯。」說著，向主人一笑，自進屋子去了。

范寶華走進大門，在院子裡就叫道：「對不起，對不起，讓你等久了。」隨著話走進屋子來，卻看到魏太太手臂上搭著短大衣，手裡提著皮包，逕自向外走。范寶華笑道：「怎麼著，你又要走嗎？」魏太太靠了屋子門站定，懸起一隻腳來，顫動了幾下微笑道：「我知道你這幾天很忙，為財忙。我犯不上和你聊天耽誤你的正經事。」

范寶華笑道：「無論有什麼重大的事，也不會比請你吃飯的事更重要。請坐請坐！」說著，橫伸了兩手，攔著她的去路，一面不住地點頭，把她向客堂裡讓。她站在堂屋門口，緩緩地轉著身，緩緩移動了腳，走到堂屋裡去。先且不坐下，把大衣放在沙發椅子背上搭著。手握了皮包，將皮包一隻角，按住堂屋中心的圓桌子，將身子輕輕閃動了一下，笑道：「你有什麼話，對我說就是了嗎！范老闆，人心不都是一樣，你想發大財，我們就想發小財，趁著黃金加價的牌子還沒有掛出來，今天晚上我去想點辦法。」

范寶華點了兩點頭道：「這是當然。但不知你打算弄多少兩？」魏太太將嘴一撇，微笑道：「范大老闆，你也是明知故問吧？像我們這窮人，能買多少，也不過一兩二兩罷了。」范寶華笑道：「你要多的數目，我不敢吹什麼牛。若是僅僅只要一兩二兩的，我現在就給你預備得有。東西現放在樓上，你到樓上來拿吧。」魏太太依然站在那桌子邊，向他瞅了一眼道：「你又騙我，你那個扁紙包兒，不是揣在懷裡嗎？」

范寶華笑道：「上午我在懷裡掏出來給你看看的，那才是騙你的呢，上樓來吧。」說著，順手一掏，把她的皮包搶在手上，再把搭在沙發靠上的短衣，也提了過來，便向她作了個鬼臉，舌頭一伸，眼睛一睒。然後扭轉身向樓梯口奔了去。魏太太叫道：「喂！開什麼玩笑，把我的大衣皮包拿來。」一面說著，也一面追了上去。

那吳嫂在堂屋後面廚房裡作菜，聽到樓梯板咚咚的響著，手提了鍋鏟子追了出來。望了樓口，嘴也一撇，冷笑著自言自語的道：「該歪喲！青天白日，就是這樣扮燈（猶言搗亂也）。啥樣子嗎！」站著呆了四五分鐘，也就只好回到廚房裡去。

一小時後，吳嫂的飯菜都已做好，陸續的把碗碟筷子送到堂屋裡圓桌上，但是主人招待著客，還在樓上不曾下來。吳嫂便站在樓梯腳下，昂著頭大聲叫道：「先生，飯好了，消夜（重慶三餐，分為過早，吃上午，消夜）。」范寶華在樓上答應著一個好字，卻沒有說是否下來。

吳嫂還有學的一碗下江菜，蘿蔔絲煮鯽魚，還不曾作得，依然回到廚房裡去工作。這碗鯽魚湯作好了，二次送到堂屋裡來，卻是空空的，主客都沒有列席，又大聲叫道：「先生消夜吧，菜都冷了。」這才聽到范寶華帶了笑聲走下來。魏太太隨在後面，走到堂屋裡，左手拿了皮包夾著短大衣，右手理著鬢髮，向桌上看看，又向吳嫂看看，笑道：「做上許多菜！多謝多謝！」吳嫂站在旁邊，冷冷地勉強一笑，並未回話。

范寶華拖著椅子，請女賓上首坐著，自己旁坐相陪。吳嫂道：「先生，我到廚房裡去燒開水吧？」范寶華點頭說聲要得。吳嫂果然在廚房裡守著開水，直等他們吃過了飯方才出來。

這時，魏太太坐在堂屋靠牆的籐椅上，手上拿著粉紅色的綢手絹，正在擦她的嘴唇，范寶華道：「吳嫂，你給魏太太打個手巾把子來。」吳嫂道：「屋裡沒得堂客用的手巾，是不是拿先生的手巾？」魏太太把那條粉紅手絹向打開的皮包裡一塞，站起來笑道：「不必客氣了。過天再來打攪，那時候，你再和我預備好手巾吧。」她說著話，左手在右手無名指上，脫下一枚金戒指，向吳嫂笑道：「我和你們范先生合夥買金子，賺了一點錢。不成意思，你拿去戴著玩吧。」吳嫂喲了一聲，笑著身子一抖戰，望了她道：「那朗個要得？魏太太戴在手上的東西，朗個可以把我？」

魏太太把左手五指伸出來，露出無名指和中指上，各帶了一枚金戒指。笑道：「我昨天上午買了幾枚戒指，到今天下午，已經賺多了。你收著吧，小意思。」說著，近前一步，把這枚金戒指塞在吳嫂手上。吳嫂料著這位大賓是會有些賞賜的，卻沒有想到她會送這種最時髦最可人心的禮品。人家既是塞到手心裡來了，那也只好捏著，這就向她笑道：「你自己留著戴吧。這樣貴重的物品，怎樣好送人？」魏太太知道金戒指已在她手心裡了，連她的手一把捏住，笑道：「不要客氣，小意思，小意思，我要走了。」說著，一扭身就走開了。

范寶華跟在後面，口裡連說多謝，一直送到大門外弄堂裡來。他看到身邊無人，就笑道：「明天我請你吃晚飯，好嗎？六點多鐘，我在家裡等你。」魏太太瞅了他一眼，笑道：「我不來，又是請我吃晚飯。」范寶華笑道：「那麼，改為吃午飯吧。」魏太太笑道：「請我吃午飯？哼！」說時，對范寶華站著呆看了兩三分鐘，然後一扭身子道：「再說吧。」她嗤的一聲笑著，就開快了步子走了。范寶華在後面卻是哈哈大笑。

魏太太也不管他笑什麼，在街頭上叫了輛人力車子，就坐著回家去。老遠的，就看到丈夫魏端本站在冷酒店屋簷下，向街兩頭張望著。她臉上一陣發熱，立刻跳下車來，向丈夫面前奔了去。魏先生在燈光下看到了她，皺了眉頭道：「你到哪裡去了，我正等著你吃飯呢。」

魏太太道：「我到百貨公司去轉了兩個圈子，打算買點東西，可是價錢不大合適，我全沒有買成。」正說到這裡，那個拉車子來的人力車伕，追到後面來叫道：「小姐，朗個的？把車錢交把我們嗎！」魏太太笑道：「啊！我急於回家看我的孩子，下車忘了給車錢了。給你給你。」說著，就打開皮包來，取了一張五百元的鈔票塞到他手上。

車伕拿了那張鈔票，抖上兩抖，因道：「至少也要你一千元，朗個把五百？」魏端本道：「不是由百貨公司來嗎？這有多少路，為什麼要這樣多的錢？」車伕道：「朗個是百貨公司，我是由上海裡拉來的？」魏端本道：「上海裡？那是闊商人的住宅區。」他說著這話，由車伕臉上，看到自己太太臉上來。

魏太太只當是不曾聽到，發著車伕的脾氣道：「亂扯些什麼？拿去拿去！」說著，將皮包順手塞到魏先生手上，左手提著短大衣，右手在大衣袋裡摸索了一陣，摸出五張百元鈔票，交給了車伕。魏先生接過太太的皮包。覺得裡面沉甸甸的，有點異乎平常，便將那微張了嘴的皮包打開，見裡面黃澄澄的有一隻帶鏈子的鐲子。不由得嚇了一聲道：「這玩藝由哪兒來的？」她紅了臉道：「你說的是那個黃的？」魏端本道：「可不就是那個黃的。」魏太太道：「到家裡再說吧。」她說時，頗想伸手把皮包取了回去。可是想到這皮包裡並沒有什麼祕密，望了一眼，也就算了。

她首先向家裡走去。魏先生跟在後面，笑道：「你比我還有辦法。我忙了兩天，還沒有找到一點線索，你出去兩三小時，可就找到現貨回來了。」魏太太見丈夫追著問這件事，便不在外間屋子停留，直接走到臥室裡來。魏端本放下皮包，索性伸手在裡面掏摸了一陣。接連的摸出了好幾疊鈔票，這就又驚訝著咦了兩聲。

魏太太道：「這事情很平淡，實告訴你，我是賭錢贏來的。」魏端本將那副金鐲子拿起，舉了一舉，笑道：「贏得到這個東西？」魏太太道：「你是少所見而多所怪。我又老實告訴你。我自賭錢以來，這金鐲子也不知道輸掉多少了，偶然贏這麼一回，也不算稀奇。我就決定了，自這回起，我不再賭了。贏了這批現款，趕快就去買了一隻鐲子。我就是好賭，也不能把金鐲子賣了去輸掉了吧？」魏先生將那鐲子翻來覆去地在手上看了幾遍，笑道：「贏得到這樣好的玩藝，那我也不必去當這窮公務員，盡仗著太太賭錢吧。」

魏太太將大衣向床上一丟，坐在桌子邊，沉著臉道：「你愛信不信。難道我為非作歹，偷來的不成？」魏先生笑道：「怎麼回事，我一開口，你就把話衝我。」魏太太道：「本來是嗎。我花你的錢，你可以不高興，可是我和你賺錢回來，你不當對我不滿呀。」她說是這樣地說了，可是她心裡隨著這賺錢兩個字，立刻跳了好幾跳。自覺得和丈夫言語頂撞，那是不對，於是向他笑了一笑。

魏端本道：「算是不錯，你掙了錢回來了，我去買點滷菜來你下飯吧。」她笑道：「我又偏了。你還等著我吃晚飯嗎！」魏端本被她這句話問起，透著興奮，這就兩手插在褲袋裡，繞了屋子中間那方桌子走路。先搖搖頭，然後笑道：「以前人家說，眼睛是黑的，銀子是白的，相見之下，沒有不動心的。現在銀子不看見，金子可看得見。黑眼睛見了黃金子，這問題就更不簡單了，只要有金子，良心不要了，人格也不要了。」

魏太太聽到丈夫提出這番議論，正是中了心病，可是他並沒有指明是誰，也沒有指明說的是哪一件事，這倒不好從中插嘴，看到桌上放著茶壺茶杯，她就提起茶壺來，向杯子裡慢慢斟著茶，兩隻眼睛的視線，也就都射在茶杯子上。但是魏先生本人，對這個事，並沒有加以注意，他依然兩手插褲子岔袋內，繼續的繞了桌子走著。他道：「我自問還不是全不要人格的人，至少當衡量衡量，是不是為了一點金子，值得大大的犧牲。金子自然是可愛，可是金子的份量，少得可憐的話，那還是保留人格為妙。為了這個問題，我簡直自己解絕不了，你以為如何呢！」他說到最後，索性逼問太太一句，教太太是不能不答覆了。

第九回　一夕殷勤

人格比黃金哪一樣貴重？這是有知識者，人人所能知道的事情，實在用不著問的。不過魏太太被問著，她就得答覆。她笑道：「遇到這種事，你比我知道得多，你還用得著問嗎？」魏端本兩隻手還是插在褲袋裡，他繞了屋子中間那張桌子，只是低了頭走著。搖搖頭道：「你說的話，以為我會挑選人格這條路上走嗎？我不那樣傻，人格能賣多少錢一斤？這生活的鞭子，時刻的在後面鞭打著，沒有鈔票這日子怎麼過？要錢，錢由哪裡來？靠薪水嗎？靠辦公費嗎？靠天上掉下餡兒餅來嗎？既然如此，只要是掙得到錢，我們什麼事都可做，也就什麼問題都沒有顧忌。」他口裡說著，兩隻腳只管在屋子裡繞了桌子走著。偶然也就站定了腳，出神兩三分鐘，接著便是嘆口氣。

魏太太向他周身上下看著，見他雖有愁容，卻沒有怒色，看那情形，還不是在太太身上發生了問題？便向他身上看看，因道：「你這樣坐立不定，還有什麼解絕不了的事情嗎？你就說出來我們大家商量商量吧。」魏端本向屋子外張望了一下，手撐著了桌子，彎住腰，低聲問她道：「現在不是大家都在買金子嗎？我們作小公務員的也不會例外。我們司長科長和我私下商量，也想作一點金子儲蓄。」

魏太太笑道：「我以為你有什麼了不得的困難，原來是買金子。這件事太好辦了，拿了款到中央銀行黃金儲蓄部櫃上去定貨，問題就解決了。」魏端本笑道：「若僅僅是這樣的簡單，那何必你說，我就老早辦理了。問題是這買金子的錢，究竟出在哪裡？」

魏太太笑道：「這不叫廢話？沒有錢買金子，結果，是金子買不到手，作了一場夢。」魏端本還是繞了屋中間桌子走，兩手插在褲袋裡，微微地扛了兩隻肩膀，不住地搖著頭。魏太太的眼光，隨了魏先生的身子轉，等到魏先生直轉了個圈子，走到自己身邊，她一手將魏先生挽住，笑道：「你心裡到底在想什麼？你給我說明白。你這樣走下去，你就要瘋了，我看，你心裡頭好像是藏著什麼疙瘩吧？」魏先生站住了腳，兩手撐在桌沿上，回頭看看屋子外面，然後低聲笑道：「我們科長和司長在買黃金儲蓄上想了一個不小的新花樣，也拉我在內。我若答應他們衝鋒陷陣，大概可以得一點甜頭，可是要負相當的責任。萬一事情發作了，我得頂這口黑鍋，若是不答應，自然有人照辦，眼望那個甜頭，是讓人家得去的了。」

魏太太道：「我說有了什麼大不了的事，急得你像熱石上螞蟻一樣，原來不過是這麼一件事。這有什麼可考量的，趕快去辦吧。我得來的消息，是明天一早就要宣布，黃金官價，改到三萬五，今天晚上不辦，明天就是財政部長，也沒有什麼法子可想了。」魏端本拖了張方凳子，挨了太太坐了，拍著她的肩膀，笑道：「怎麼著？你的消息很靈通，你也知道黃金官價要升為三萬五了。大概這事情已鬧得滿城風雨了。」

魏太太道：「反正作機投生意的人，天天捉摸這件事，總不會把這機會錯過去了。你到底是怎麼回事？」魏端本看到桌上放了茶壺茶杯，這就拿起壺來，向杯子裡斟著茶，端起來，咕嘟大喝了一口。

魏太太伸手搶著按住杯子道：「這茶涼了，我給你找開水去吧。」他又端起來喝了一口，笑著搖了搖頭道：「用不著。我心裡頭熱得很，喝點涼茶下去，心裡痛快些。」說著，嗄了一聲，放下杯子來。因道：「我老實告訴你吧，壞事已經作了，舞弊也已經舞了，不過我作完了之後，回得家來，有點後悔。正如那失身的女人，當時理智控制不住自己的感情，把身體讓人家糟蹋了，回來之後呢，覺得這究竟是個汙點，心裡非常地難過，你雖是我的太太，我都不好意思告訴你。」

魏太太紅著臉道：「你這叫也沒的難為情了。說話沒有一點顧忌，亂打亂喻。」魏端本道：「的確是如此。我把這經過的情形告訴你吧：是今日下午三點多鐘，司長接了一個電話，知道黃金明天要漲價了，這就把科長叫到他辦公室裡去，作了一段祕密談話。科長出來了，把我引到接待室裡，掩上了房門，笑著對我說：『我們公務員的生活，實在是太清苦了。有了機會，我們得想點辦法，以便補貼補貼生活。』我聽到他這個話頭，我就知道他要利用我一下，反正他上司也不能白利用我，一定得給我一點好處。於是向他笑著 說：『科長有什麼指示呢？只要能找到生活補貼，我是好樂於接受呀。』他笑了一笑，說了聲：『黃金官價，明天要提高了，而且提高很多是百分之七十五。今天買一兩黃金，明天就賺一萬五千元。假使能買到一二百兩，那就賺得多了。我們設法找一點款子，買它一批，大家分潤分潤，發個小財，你看好不好？』我說：『那當然是好。可是買一百兩黃金儲蓄的話，要二百萬元現款。我們這窮公務員，哪裡去找這筆款子呢？』提到這裡，那位科長就笑了。他說：『戲法人人會變，各有巧妙不同。要挪用二三百萬元款子，並沒有問題。我這裡就現成。』說著，他在懷裡抽出兩張支票給我看，一張是一百萬元，一張是一百六十萬元。這支票上，司長科長，都已經蓋了章。但是還欠一點手續，我還沒有蓋章。你不要看我在機關上地位低，開支票，還得我蓋上一個圖章。當然，機關裡用這個例子，無非是防止人家舞弊。其實，毫無用處。這麼一來，小弊受了牽制，也許不肯舞。等到有此必要，大家勾通一氣，就大大的舞他一回弊，以便弄一筆錢，大家好分，像我今天這件事，就是個例子了。」

魏太太聽到這裡，心裡放下了一塊石頭，完全了解，丈夫坐立不安，完全說的是自己的事，因揚起雙眉笑道：「那麼，你們科長，要你蓋章了。你這個老實人，當然是遵命辦理了。」魏端本道：「他不先加說明，糊裡糊塗的拿出支票來叫我蓋章，也許我真的遵命辦理了。不過他這樣說了，我倒不能不反問他一聲。我就說：『這樣多的數目，拿出去買什麼東西呢？給上峰上過簽呈呢？』他笑說：『若上簽呈，我還找你幹什麼？』司長和銀行界很有點拉攏，銀行方面，答應特別通融，四點鐘以後，也給我們把支票換成銀行的本票，然後將本票入帳，給我們定一百三十兩黃金。兩三天後，黃金定單就可以到手，到了手之後，我們拿去賣，三萬五千元一兩，不賺一文，將原單子讓給人，你怕沒有人要？』我聽他這樣說，那就完全明白了。我笑說：『原來是司長科長有意提拔我，那我為什麼不贊成？圖章我這裡現成。』說著，在懷裡掏出圖章來，手託了給他看。科長笑說：『魏科員倒是痛快，我們得了錢，一定是三一三十一，大家分用。』他這樣說著，順手一掏，就把那圖章拿過去了。到了這時，我只有瞪眼望了人家，還能把那圖章搶了過來嗎？科長拿了圖章向我笑著點了個頭，開著招待室的門走了。我在招待室裡呆站了一會，也就只好回到辦公室裡去，直到下班的時候，科長才把圖章交還給我。在辦公室裡，我也不便向科長再說什麼，只好接過圖章微微一笑。自然在我那笑的時候，我的臉色並不十分安定。科長也許很明白了我的意思，走出機關的時候，和我同在街上走著，他就悄悄的向我說：『那一百三十兩黃金的本錢，挪的是公家的款子，在一星期之內，應當歸還公家。剩餘的錢，司長大概分三分之二，人家不是負著很大的責任嗎？還有三分之一，我們兩個人對分了吧。照責任說，我是負擔重得多，你願意多分我一點更好，那是情義。你若要平分，我也無所不可。我不過還有一句話，還得對你交代明白，這事情是我們合夥作了，你在司長當面可別提起。有什麼事，我們私下談得了。』」

魏太太道：「這樣的說，那他們是個騙局啊！你怎樣地對他說？」魏端本坐不住了，又站了起來，兩手插在褲子袋裡，還是繞了屋子中間的桌子走路，搖了兩搖頭道：「這就是我不能滿意的一點了。一百三十兩金子，可能賺二百來萬，司長分一百二十萬，我和科長分八十萬，科長還要我少分一點，連四十萬都分不到。作弊是大家合夥的，錢可要我分的最少。我越想越氣，打算把這事，給揭發了，可是揭發不得。揭發之後，我首先得丟紗帽。以後哪個機關還敢用我這和上司搗蛋的職員？我和司長科長為難不是和自己的飯碗為難嗎？」

魏太太笑道：「你真是活寶。你自己蓋了章，自己答應同人合夥買金子，自己點了頭願意少分肥，為什麼到了家裡來這樣後悔？就是後悔，也不算晚，明天你可以向司長提出抗議。」魏端本道：「那豈不是自己砸碎自己的飯碗嗎？」

魏太太將頭一偏道：「你這叫做廢話！你怕事就乾脆別說，還繞了這桌子轉圈子幹什麼？」魏端本笑道：「這一點，我自己也莫名其妙。大概有兩點是我心裡有些擱放不下。第一，我只知道他們拿了支票到銀行去作黃金儲蓄，卻不知道他們弄的是些什麼花樣？第一，作這麼一筆大買賣，我只分那麼一點錢，我有點不服氣。這正像那青年女子，讓拆白黨騙了，太得不償失了。」

魏太太皺了眉道：「你怎麼老說這個比喻？」魏端本手扶了太太的肩膀，向她笑道：「我知道你是個好強的女人。不過你之好強，有些過分。自己作個正經女人，尊重自己的人格，那也就行了，還要替社會上一切的女人好強。天下的年輕女人全都像你這樣好強，那麼，作丈夫的人，就太可放心了。」

魏太太突然地站了起來，本來有意閃開了他。可是她起身離開半步之後，復又走著靠近來，然後握了他的手笑道：「你好好的這樣恭維我一頓幹什麼？我有什麼可以效勞的，你儘管說，我一定盡力而為。」魏端本原是讓她握著一隻手的，看到太太表示著這樣親切，就以另一隻手，反握了她的手，輕輕地搖撼了兩下，笑道：「你不要多心，我並沒有什麼事需要你幫忙的，不過我今天為了所作的事，得不償失，心裡非常的懊悔，這種事，除了回來對你商量，又沒有其他的人可以說。其實，事情已經作了，縱使懊悔於事也無補。」

魏太太聽他的話音，依然是顛三倒四。笑道：「不要說了，我看你是餓瘋了，直到現在為止，你還沒有吃飯，我去和你做晚飯吃吧。」說著，又搖撼他的手幾下，然後輕身到廚房裡去了。魏端本單獨地坐在屋子裡，圍了桌子，又繞了兩個圈子，然後向床上一倒，將兩隻腳垂在床沿下，來回的搖撼著，兩隻手向後環抱著，枕了自己的頭。他眼望了樓板，只管出神，回轉眼珠來，他看到了一疊被上，放著太太的手皮包，順手將皮包掏來打開，只一顛動，那副金鐲子就滾了出來。他拿著鐲子在手上顛動了幾下，覺得那份量是夠重的。看看鐲子裡面，印鑄有製造銀樓的招牌。花紋字跡的縫裡，沒有一點灰痕，當然是新製的。他想著，太太贏了錢，趕快就去買副金鐲子，這辦法是對的，只是她在什麼地方，贏得了這一筆巨款呢？而況皮包裡還很有幾疊現鈔。

他想到了現鈔，就伸手到皮包裡去，掏出鈔票來再看驗一次。在鈔票堆裡，夾有一張字條，是鋼筆寫的，上寫：「我已按時而來，久候不至，所許之物，何時交我？想你不能失信吧？知留白。即日下午五時。」這字條沒有上下款，但筆跡認得出來，這是太太寫的字，而且那紙條，是很好的藍格白報紙上裁下來的，正是自己那日記本子上的。太太寫這字條給什麼人？人家許給她什麼東西呢？寫了這個字條，又為什麼還放在手皮包裡，沒有給人呢？

魏先生把這張字條翻來覆去地看了若干遍，心裡也正是翻來覆去地猜這些事的緣由。他想著，也許手皮包裡，還其他線索可尋，再將皮包拿過來，重新檢查一遍。躺著還覺費事，坐了起來，將皮包抱在懷裡，又把零碎東西一樣樣的看過，甚至粉撲幾包子，胭脂膏幾盒子，都打開來看看；但是這些東西，完全平常，並沒什麼痕跡。裡一轉念，無故地檢驗太太的皮包，太太發作了，其罪非小，趕快把這些東西都收回到皮包裡去。

正就在這時，魏太太走進屋子來向他笑嘻嘻道地：「你吃點什麼呢？」她說話時，眼睛向床上瞟了來，見那床單上放著一張字條，立刻喲了一聲，把那字條搶在手上。魏端本看了他太太，還不曾說什麼。魏太太把抽屜裡的火柴，取出來擦了一根，立刻把字條燒了，帶了笑道：「不相干，這是和朋友開玩笑的。」魏端本原想伺候太太，這字條是怎麼回事，現在字條燒成了紙灰，死無對證，也就無須再說什麼了。

倒是太太毫不把這事放在心上，笑嘻嘻地走近了床邊，向先生道：「我給你煮點兒麵條子吃嗎？還是炒碗雞蛋飯？」魏先生看到太太陪了笑容，就情不自禁地軟化了，因道：「我肚子裡簡直不覺得餓，你隨便弄點什麼我吃，都可以，要不然，省事一點，就到門口去買兩個乾燒餅我來啃吧？」

魏太太聽說，伸手替他撫摸了頭髮。俯著身子對他笑道：「你找本書看看，我好好地和你煮上一碗麵。先讓你吃個整飽，把心裡這份兒難受先給它洗刷洗刷。」一面說著，一面將手去清理他的頭上亂髮。魏先生實在難得到太太這種殷勤與溫存。當時被太太撫摩著，好像到按摩室裡受著電燙似的，周身非常地舒適。

魏太太將她丈夫的頭髮撫摸了一會，見丈夫已把那張紙條的事忘記過去了，又伸手輕輕地拍了他的肩膀道：「一會兒工夫我就把麵煮好了。」魏端本道：「我什麼都吃，只要是你煮的。」說著，站了起來，兩手連拍了幾下。

魏太太看到這情形，什麼痕跡都沒有了，這就高高興興地向廚房裡做飯去。在半個小時內她把麵煮了來了，一隻黑漆木托盤，托著兩個小碟子，一碟是皮蛋和肉鬆，一碟是叉燒肉和香腸，另外兩碗寬條子麵，煮得清清楚楚的，在麵堆上，鋪著兩撮鹹菜肉絲澆頭。便笑道：「這是為我賺了幾文髒錢，犒勞犒勞我嗎？」

魏太太笑道：「又發牢騷了，我老實告訴你，我沒有這樣好的巧手。我這是在斜對面麵館叫了來的。我不願那夥計走進我們的臥室，我讓他送到廚房裡去，然後把家裡的黑漆托盤轉送到屋子裡來。趁熱吃吧。」說著，在衣袋裡掏出兩張方片白紙，把筷子擦抹乾淨了，然後兩手捧著架在麵碗沿上。魏端本對於太太這番招待，雖感到異乎尋常，但是太太盛情，不能不知好歹，反而表示懷疑，因之一切不加考慮，就痛痛快快的先吃完一碗麵。

魏太太是空手坐在桌子橫頭，橫過手肘拐來，斜靠了桌子沿坐著，直望了丈夫吃東西。魏先生把那碗麵吃完了，她立刻將那碗殘湯移開，而把這碗整麵，立刻送到他面前去。魏先生笑道：「你何必這樣客氣，我一切忍受，不要惦記那張支票上的圖章了。明天早上起來聽行市吧，你那金鐲子要下蛋了。」

他說著，向太太瞟上一眼。太太的面孔，在電燈下就飛出左右兩片紅暈。魏先生看到太太這樣子，那金鐲子是不能提起了。這也就隨著微微一笑，不再說話。

魏太太帶著兩三分尷尬的情形，默然地坐在桌子橫頭，看到先生把麵吃完，立刻拿了黑漆托盤來，把碗碟收了過去。隨著送洗臉水送熱茶，進出了無數次。魏先生心裡，本來想試探試探太太的口氣，可是怕自己囉哩囉嗦，又把太太得罪了。因笑道：「天天辦公回來，若都有這樣的享受，那真可以教人心滿意足了。」

魏太太這時拿了一把長毛刷子，撣床單上的灰塵，彎了腰，一面刷灰，一面答道：「這在戰前，也太算不了什麼了吧？我想，只要我們好好地合作，戰後過今天晚上這份生活，那也太沒有問題吧？」說著，把疊的被展開來，牽扯得四平八穩，又把兩個枕頭在床的一端擺齊了，回轉身來，向丈夫作了個媚笑，因道：「什麼心事也不用想，睡吧。明天早上起來看報，看黃金加價的喜訊吧。」魏端本也是這樣想著，管他今天作的事是黑是白，作了也是作了，明天黃金官價宣布出來，若是真變為三萬五一兩，那也就算中了個小小的頭彩了。想到這裡，心平氣和自也安然去睡覺。

不過魏先生究竟是有心事的人，一覺醒來，見太太黑髮蓬鬆，滿枕都披散烏雲，蘋果臉兒緊偎在枕頭窩裡，緊閉了雙眼，鼻子裡呼嚕呼嚕地發出了鼻呼聲，那她是身體睏乏，睡得很甜呢。魏先生睜眼向吊樓的窗戶上看了看，見窗紙完全變成了白色，重慶清晨的窗戶有這樣的白色，乃是時間已十分不早了。他一個翻身爬了起來，匆匆地披了一件灰布長衫，趕快開門就向外走。

這時，冷酒店裡還沒有上座，店老闆正兩手捧了一張土紙的日報，坐在板凳上看，立刻放下報望了他道：「黃金官價漲到三萬五了。魏先生，你買了金子沒得？說是要漲價，硬是漲價咯。咧個老子，昨日子要是買到十兩黃金儲蓄的話，困了一覺，今天就賺到十五六萬，這路生意不做，還做哪路生意？」魏端本睡眼朦朧地站在老闆面前。老闆就將報紙遞到他手上，笑道：「硬是漲到三萬五一兩。你看報嗎？」

魏端本也沒有說什麼，雙手將報紙接過，捧著展開一看，果然，第二版新聞裡面，就有出號字作的題目，大書「黃金三萬五千元一兩，購買期貨與黃金儲蓄，即照新定價格辦理。官方宣布此事時，雖業已深夜，但外間早日已有風聞，尤其昨日傳言甚熾，故黃金黑市，即開始波動，預料今日更有劇烈之上升」。魏端本把這條簡短的新聞，反覆地看了幾遍，臉上泛出了笑容，搖搖頭自言自語的道：「真是朝裡無人莫作官，怎麼他們所猜的，就和官方宣布的絲毫不差呢？老闆，你這張報，借給我送把太太去看看。」說著，正待轉身要走，陶伯笙卻在屋簷下叫了聲魏先生。

抬頭看時，陶先生已是西服穿得整齊，將他那個隨身法寶大皮包夾在肋下。魏端本點個頭道：「這樣早就出門？」他站在屋簷下笑道：「吃早點去。今天有人發了財，要他大大請客了。你猜是誰？就是那賣一批五金材料的范先生。他把賣得的八百萬元，滾了兩滾，定了七百兩黃金儲蓄，你看，這賺的錢還得了哇！越是有錢的人，生意越好作呵。」魏端本笑著點點頭道：「這麼一來，我太太也發了個小財哩！」陶伯笙聽說，倒為之愕然，站在冷酒店屋簷下呆了一呆。

第十回　樂不可支

陶伯笙也是一位在社會上來往鑽動的人，尤其是這七年抗戰的時候，社會上的人心，變得完全自私。只要是便於自私的，可以六親不認。他夾著一個大皮包，終日在這種自私自利的人群裡跑，什麼人物行動，他看不出來？魏太太這兩天在范家穿房入戶，已不是一位賭友所應有的態度。再看看范寶華的言行舉止，也就很不尋常，在這兩方面一對照，這就大可明了了。這時聽到魏端本說太太發了一個小財，覺得這語病就大了。照說，聽了這話，應當反問人家一句，而且人家特意把話提了出來，也有引人反問的意味。不反問，也顯著有意裝聾賣啞了。他腦筋裡接連的轉了幾個念頭，他已很明白當如何答覆這個問題，這就笑道：「今天早上的日報，一定是很好的銷路，誰不願意聽到黃金漲價的消息呀。」

魏端本笑道：「那也不見得吧？沒有買金子的人，他要知道這漲價的消息幹什麼？老實說，我看到這消息，心裡就十分的不痛快。眼睜睜地看到人家平地發財，我絲毫撈不著，有點不服氣。尤其是這抗戰期間，我們當公務員的，千辛萬苦，為國家撐著大後方這個政治機構，雖沒有到前方去衝鋒陷陣，可是躲在防空洞裡，還不免抱著公事皮包，也算盡其力之所能為了。商人……」他一口氣地說下來，說到商人這兩個字，覺得這問題已轉到了陶伯笙本人身上，大清早的怎好對人嘲罵？立刻轉了話鋒笑道：「其實這也是不可理解的事，我既討厭黃金漲價的消息，為什麼我還巴巴的爬起來就拿報看呢？這就叫過屠門而大嚼，雖不得肉，聊以快意了。老兄衣冠整齊，似乎已經早起來了，也是過屠門嗎？」

陶伯笙笑道：「我的確要大嚼一頓，倒不是過屠門。」魏端本倒無意問他什麼大嚼，手裡捧了那張報紙，自向屋子裡走，口裡自言自語道地：「像陶伯笙這樣的小游擊商人聽說黃金漲了價，都興奮之至，別個大商人就不用說了。怪不得他一早起來就有一頓大嚼。」

魏太太睡在床上，當他們在冷酒店裡說著黃金價目的時候，她就醒了。睜眼見丈夫捧了報紙進來，這就突然地坐了起來，笑道：「黃金果然漲到三萬五了嗎？」魏端本笑道：「一點不錯。你看這事，我應當怎麼辦？」他右手將報遞給太太，左手在頭上連連的亂搔一陣。

魏太太找著那段新聞，匆匆地看了一遍，披衣下床，向魏先生微笑著道：「你這個書呆子，還在這裡發什麼痴，你應該快點去見你那貴科長，看他表示著什麼態度？趁著他還在高興的時候，你要和他談什麼條件，也許他樂於接受。這就叫打鐵趁熱，你懂是不懂？」說著，伸手輕輕地拍了他兩下肩膀。

魏端本想著也是，看了報上的消息，是買了金子的人，誰也得高興一下。在科長高興的時候，話是好說的，於是匆忙著打水洗了一把臉。太太發財找機會的心，似乎比他還要熱烈；他在這裡洗臉，她卻在旁邊送香皂，送牙膏，不斷地伺候著。

魏先生還沒有把臉洗完，魏太太就端了一盞新泡的茶送過來。她還怕茶太熱了，魏先生喝著燙口，另將一隻空杯子，把茶倒來倒去，兩個杯子來回的衝倒了十幾次，將茶斟得溫熱了，遞給丈夫。笑道：「喝吧。喝了就走，我還等著你的好消息哩。」說著又把那頂半舊的呢帽子交給他。魏端本戴起帽子，太太又將皮包塞到手上。魏端本雖感到太太有些催促的意思，反正那也是青年女子發財心急吧。他說了聲等好消息吧，就轉身向外了。

但在他將出房門的時候，回頭看了一看，卻見太太抬起手臂來看過手錶，又把手錶送到耳邊聽聽。現著有什麼時間性的事要辦一樣，心裡不免帶上一些奇怪的意味出門而去。魏太太並不覺丈夫有什麼驚異之處，洗臉水盆放在五屜櫃上，水還沒有倒去呢，就支起桌上的鏡子來，多多的在臉上抹著香皂，然後低頭伸到臉盆去洗臉。這和平常將把溼毛巾隨便抹了抹嘴唇和眼睛大為相反。她左手按住了盆沿，右手托住帶水的手巾，在臉上抹了十幾下。自己也料著洗得夠乾淨，將手巾擰乾，把臉上水漬擦乾，手巾捏成一團，向桌上一扔。立刻把她制服男子時的武器，如雪花膏、粉撲、胭脂、唇膏等等，全數由抽屜內取出來，放在鏡子邊。

儘管心裡是恨不得一步就踏出大門去的，但是這化妝的功夫，卻不肯草草，先在臉上抹勻了雪花膏，再將粉撲子滿臉輕輕抹上香粉，尤其是鼻子兩邊，這是粉不容易撲勻的所在，她對著鏡子從容地按上了幾遍。在鏡子裡看得粉是撲勻了，這才將胭脂盒裡銅錢大的小胭脂撲兒，在腮臉上轉著圈兒，慢慢的去塗畫著。她有兩管口紅，一管深紅的，一管淡紅的，她對面前這兩管口紅，躊躇著選擇了很久，最後選擇了那深紅的，在嘴唇上仔細地而又濃厚地塗抹著。塗抹完了，還用右手的中指，在嘴唇上輕輕地畫勻。每一下都正對了鏡子工作，讓嘴唇和臉的赤白界限非常的清楚，最後一次，是畫眉毛了，在抽屜裡找出先生工作用的鉛筆，在眉毛上來回的畫了十幾道，將眉梢畫得長長的。

一切都化妝完畢，對鏡子再看看，這還感到怕有不周全之處，把桌上那個溼手巾團兒拿起，將中指捲著一點兒手巾邊緣，把眼睛的雙眼皮細細的抹去粉漬。這樣，雙眼皮就特別的分明了。臉上的工作完了，才去把生髮油瓶子取過來，很不惜犧牲的，在左手心裡倒下了滿掌的油。然後放下瓶子，兩手心分盛著油，向燙的頭髮上塗抹著，其次是彎腰對了鏡子，取過梳子，把頭髮從頭到尾梳理。尤其是燙髮的尾梢，這是表現美麗的所在，左手梳著，右手托著，讓它每個烏雲捲兒非常的蓬鬆而又不亂。這個修理頭面的工作，她總耗費了三十分鐘，然而她還覺得是過於匆忙的。

把五屜櫃上那些征服男子的重武器，全部送回到抽屜，以後她還拿起桌上的鏡子照過兩次，她感到時間是不許可再拖延了。立刻把掛在牆上的那件花綢長夾袍穿上。這是她不無遺憾的事，無論到哪裡去作客，就是這件衣服，見過三面的人，就要讓自己的容光減色了，但這沒有辦法，就是有錢臨時去做也來不及。她躊躇了一會，夾上大衣和皮包，又照了一下鏡子。皮鞋今天先換上的，因為自己有這個毛病，常常是因匆促地出門，忘記了換皮鞋，有時走出門很多路，復又回來換上皮鞋，這次有意糾正這個錯誤，所以先把皮鞋穿上了。

這時走出了門，正要僱人力車，可是低頭看到自己這雙皮鞋，卻是灰土蒙著的，還走回了屋子去，也就要整理一下。急忙中又找不到擦皮鞋的東西，就把桌上那溼手巾團拿起，將紫色皮子洗乾淨了，也就放出了一陣紅光，她這算滿意了，帶三分高興，七分焦急，僱人力車子，就奔向她的目的地而去。她坐上車上，還兩次抬起手腕上的表來看了看時刻，距心裡頭的八點鐘僅僅只過十分鐘，覺著是沒有多大問題，這就取出手皮包裡的小粉鏡對著臉上照了兩次。

車子到了目的地門口，就是大廣東館子。她付出車錢，趕快地走進食堂，但到了食堂門口，就把腳步放緩了。她眼光很快的，向滿茶座橫掃了一遍。早就看到范寶華和陶李二位坐在茶座上大吃大喝。只看范的臉上那收不住的笑容，就知道他心裡是太高興了，但她雖是看到，卻不向他們座位上走去。故意地遠遠繞開正中若干座位，走向食堂的角落裡去。

范寶華看到，突然由座位上站起來，手裡拿著筷子，連連地招了幾下手笑道：「請這邊坐。」魏太太向他點了兩點頭，依然在座位上坐下。范寶華見她不肯過來，也就只有自行坐下了，但他那雙眼睛，卻直向這邊探望著。約莫有十分鐘，見她那位子上還只是一個人，便笑道：「老陶，你過去看看，她若是自用早點，就請她過來坐吧。你是她老鄰居，一請就會來的。」說著，又伸手將陶伯笙推了兩下。

陶伯笙對於這事，自然是感到有些不大方便，可是今天的范老闆，非比等閒，已是擁有七百兩黃金的家翁了，便帶著笑容走向魏太太座位上去。果然不辱使命，人家就讓他邀著同走過來了。范寶華見她走來，便已起身相迎。她到了座位前，並不坐下，扶了椅靠站定，因笑道：「讓我作個小東吧。」

范寶華道：「誰作東都沒有關係，請坐下吧，魏太太不等什麼人嗎？」她笑道：「我今天起早出來買點東西，路過門口，順便來吃些早點。」陶伯笙道：「那就更不客氣了，我都願意替范先生代邀你這位貴客。」

范寶華三個指頭夾住了紙菸，抿著嘴吸了一口，然後噴著煙笑道：「你那下面幾句話，我替你說了吧，范先生買金子發了財了。哈哈！」魏太太還是不肯坐下，向他臉上瞟了一眼，見他眉飛色舞，噴出來的煙，像一支箭似的，向面前直射出去，便是這煙，好像都帶了一股子勁。因笑道：「可不是嗎！一夜之間，一兩金子就賺一萬五千元，千把兩金子這要賺多少錢？」

范寶華站起來連連地點了頭笑道：「請坐請坐！要吃點什麼？」說著，將桌子外的椅子，向外輕輕拖開了幾寸路，笑道：「只管坐下來吃，反正我不請客也不行。」魏太太帶了幾分躊躇的樣子，緩緩地坐了下來。陶伯笙就斟了一杯茶，送到她面前來放著。魏太太欠了一欠身子，因笑道：「陶先生也是這樣客氣。」陶伯笙笑道：「你別瞧不起我，我也打算請客。因為我多少也賺了一點錢吧？」他說著，抿了一支菸在嘴裡劃著火柴，將菸點上。當他劃火柴的動作肘，手指像上足了發條的機件，擺動得非常的有力。魏太太抿了嘴笑著，沒有作聲。

范寶華笑道：「真的，老陶也弄了幾兩，小有賺頭。就是他……」說著，伸手拍了兩拍李步祥的肩膀，笑道：「他也不會放過這個很好的機會呀。」李步祥今天的確也在高興之中，他右手舉了筷子，夾著一個大雞肉包子，左手端了一杯熱菜，一面喝著茶，一面吃點心，那臉上的笑容，不住的將肌肉擠得顫動，自是十分的高興，便向他微微地點著頭道：「那麼，李老闆也可以請客。」李步祥正將那大雞肉包子滿口的含著，沒有了說話的機會，翻著大眼望了她，只是笑。魏太太在應酬過了陶李二人幾句話之後，沒有話說，將桌子角上放的兩份日報拿起來看著。

范先生再三地請她吃點心，她只提起筷子，夾了一塊荸薺糕，將四個門牙，一絲絲地咬著嚥下。吃完了那塊荸薺糕，放下筷子，又拿起報來看著。陶伯笙偷眼看看范先生的顏色，透著十分的躊躇，便立刻站起來道：「今天上午，我還應當出去忙上一陣。老李，怎麼樣？我們一路走走吧。」李步祥口裡還在咀嚼著東西，拿了一張擦筷子的紙片，抹了幾下嘴，兩手按住了桌沿，緩緩地站了起來，笑道：「走？好，我們就走。」魏太太並不作聲，向兩個瞟了一眼。

范寶華道：「你們要去發財，我也不能攔著。請吧。」他說時，並不起身，抬起手來，向他們連揮了兩揮。李步祥並沒有理會到陶伯笙叫他走是什麼意思，現在范寶華也叫他走，他就料著這裡面必定有什麼緣故，也就把掛在柱子上的帽子摘下，向大家點了個頭，笑道：「我走了，我走了！」他說著話，只是倒退著向外走。他沒有理會到身後的椅子，給絆住了腿，人向旁邊一歪，幾乎倒了下去。幸是旁邊有一根柱子，伸手一撐，把身子撐住了。魏太太看到，只是抿嘴笑著，立刻掏出手帕來捂住嘴。

范寶華笑道：「走好一點，別犯了腦充血。賺幾個錢，吃一點，穿一點，享受享受，別拿去吃藥。」李步祥紅著那張胖臉，微微地笑著，手捧著帽子連連地作了幾個揖，也就搶著走開了。陶伯笙向二人也是笑著一點頭，然後走去。魏太太對李步祥那些笨重舉動，倒沒什麼介意，看到陶伯笙走去的一笑，心裡卻是一動。他們走了，她端起一杯茶來，慢慢地抿著。

范寶華在她對面望著，見她今天滿面紅光，低聲笑道：「你大概知道我發了個小財了。」魏太太道：「怎麼是小財？是大大的一注財喜吧。」范寶華道：「我也情願發筆大財。發了大財，我當然也要……也要……也要幫你一個大忙。」他說到最後一句，聲音就非常的低微。魏太太倒不去追問他下面是一句什麼話，卻伸了手向他道：「給我一支菸吸吸吧。」

范寶華托著菸盒子送到她面前去，讓她取過一支，然後取回菸盒子去，掏打火機，將火焰打出來了，送到她面前來，給她將菸點上。笑道：「我和你說句實話，的確，這次我可以賺到一千多萬。我若是好好地運用一下，不但現在日子好過，就是將來國家勝利了，回到江蘇去安家立業，也沒有什麼問題了。」魏太太手肘拐撐了桌子沿，兩手指夾了紙菸，放到嘴唇裡抿著，慢慢地向外噴著，烏眼珠一轉，向他微笑著道：「你的確是有辦法，這年頭是有錢人的世界，不，自古以來，就是有錢的人有辦法了。」

范寶華對於她這樣感慨而又像欽佩的話，突然而來，實在有些莫名其妙。因笑道：「我們找個地方去玩玩好嗎？我為了這票生意，足足緊張了三天三夜，現在事情算是大功告成。我得好好地休息一下了。我有很多的話，想對你說說，你能和我一路走嗎？」魏太太對他臉上張望了一下，微笑道：「我們有什麼問題需要商量的嗎？還要特地找個地方談談！」

范寶華取一支菸卷吸著，菸卷抿在嘴唇裡，他按著了打火機，正待點火，卻又把打火機蓋上，同時，菸卷也取了下來，橫放在桌上。他的手臂，和這菸卷，取了一個姿勢，兩手橫抱著，平放了在桌沿上，身子半伏在手臂上，兩隻眼睛的光線，差不多對起來，全射在面前兩碟點上。似乎呆定著在想個什麼問題。這樣想了四五分鐘，然後向她笑道：「我們有許多地方很對勁。假如你願和我長期合作的話，我願把我將來的計劃，詳細地和你談一談。」魏太太淡淡地一笑，她並沒有說話，但她的眼珠向范先生一轉，似乎在這個動作裡面，表示了一點輕視的意味。

范寶華笑道：「田小姐，你以為我這是信口胡謅的話？」魏太太提起茶壺來，向杯子裡斟著茶，似乎她心裡，笑得有些樂不可支，手裡那茶壺，被她斟得有些顫動。放下茶壺，端起茶杯，靠了嘴唇，慢慢兒地呷著，她的視線，由茶杯沿上射過來，射到范先生臉上。在他的臉上，似乎隱隱地刻下了兩行字：我有金子七百兩，我有法幣兩千多萬。在民國三十四年春間，對於一位擁有兩千多萬資財的人，那還是不可不加以尊重的。便放下杯子來向他笑道：「我不是說了嗎？有錢的人，總是有辦法的，你現在是個財翁了，要做什麼計劃的話，那還不是要什麼有什麼，怎麼會是胡謅？不過你那有錢的人的復員計劃，說給我們這沒有錢的人聽著，那不是讓我增加為難嗎？我不願和你談。」

范寶華雖聽了她拒絕的話，可是看她的臉色，還是笑嘻嘻的，便說：「日久見人心，那就將來再談吧。不過我告訴你一個好消息，今天羅家有個熱鬧場面，我已經被邀參加，你也去一個，好不好？」魏太太道：「賭錢的人，聽到了有場面，不會拒絕參加的。不過你們今天這個場面，是慶功宴，我姓魏的有什麼資格參加呢？」

范寶華道：「倒不一定是慶功，不討一部分人確是有點高興。你要去參加，那沒有什麼關係，我和你墊一批資本。」她微笑著望了他道：「你和我墊資本？墊多少？我贏了，當然可以還你，我若是輸了呢？」

范寶華笑道：「我們的事，那還不好說嗎？我絕不騙你，先付現，以為憑證。」說著，在西服口袋裡，各處蒐羅了一陣，搜出大小八疊鈔票，除了留下兩小疊外，其餘一把捏著，都放到魏太太面前，笑道：「你看這作風如何？」魏太太真也沒得話說了，嘻嘻地一笑。

范寶華道：「羅家大概預備了一頓午飯，我們是上午去，黃昏以前回到重慶來。」魏太太道：「那不行，家裡的事，一點沒有安排，這個時候，就要過江，那又得犧牲一天的整工夫。」范寶華笑道：「這是推諉之詞吧？以往你出來賭錢，還不是賭到半夜裡回家，那個時候，你怎麼不說是犧牲一整天的工夫呢？」魏太太向他望著，笑了一笑。

范寶華道：「你也沒得可說的了。那麼，我們馬上就過江去吧。」說著，掏出錢來，竟自會帳。他原來放在魏太太面前的那六疊鈔票，卻像沒有其事，竟自站起來向柱子上去取下帽子來，向頭上戴著。

魏太太卻依然坐著不動，還是提起茶壺來，向杯子裡斟上一杯茶，笑著把肩膀顫動了幾下。

范寶華走著離開了座位幾步，就半偏了身子，兩手環抱在胸前，斜伸了一隻腳，對她看著。魏太太慢條斯理地站了起來，好像是很不經意的樣子，把桌上放的那幾疊鈔票拿著，又很不經意地拿在手上。

范寶華笑道：「你收起來吧。這是第一批，我也希望你只要這第一批。萬一不夠，我還可以給你補充起來。」魏太太笑道：「你怎麼打壞我的彩頭，我要掛印封金了。」她藉著這封金的一個名詞，立刻打開皮包來，把幾疊鈔票向裡面塞著，然後慢慢地走出座位來。

范寶華看到她走來了，就站著不動，讓她在前面走。等她走過去了，然後在後面緊緊地跟著。走出了館子大門口，魏太太站在路邊，兩頭望了一望。

范寶華道：「今天我們兩人合作，也許可以大獲勝利，而且今天在場的幾位戰將，我把他們的脾氣，也摸得很熟。趁著這兩天的運氣還不錯，我們來一回錦上添花，好不好？」魏太太抿了嘴微笑，對他看看。范寶華道：「的確的，今天這場賭，我們一定可以撈他一筆，別回家了，我給你僱車吧。」她又在街兩頭張望了一下，因道：「別僱車了，我先走，在南岸碼頭上等你。」

范寶華喜歡得肩膀扛起了兩下，瞇住了雙眼向她笑問道：「你說這話是真的？」魏太太將嘴一撇，低聲道：「我現在不是讓你控制住了。我要撒謊，也不敢向你撒謊呀！」她雖是低著聲音的，可是她的語尾，非常的沉著，好像很有氣。說畢，她扭身就走了。

范寶華站著沒動，看了她的去路，確是走向船碼頭，這就自言自語的道：「我控制你？黃金控制你。有黃金，不怕你不跟我走，黃金黃金，我有黃金！」

第十一回　極度興奮以後

二十分鐘後，范寶華也追到了輪渡的趸船上。魏太太手捧一張報紙，正坐在休息的長凳上看著呢。范寶華因她不抬頭，就挨著她在長板凳上坐下。魏太太還是看著報的，頭並不動，只轉了烏眼珠向他瞟上一眼。不過雖是瞟上一眼，可是她的面孔上，卻推出一種不可遏止的笑意。范寶華低聲笑道：「我們過了江，再看情形，也許今天不回來。」魏太太對這個探問，並沒有加以考慮，放下報來，回答了他三個字：「那不成。」范寶華碰了她這個釘子，卻不敢多說，只是微笑。

這是上午九點多鐘，到了下午九點多鐘，他們依然是由這趸船，踏上碼頭。去時，彼此興奮的情形還帶了兩三分的羞澀。回來的時候，這羞澀的情形就沒有了，兩人覺得很熱，而且彼此也覺得很有錢，看到江岸邊停放著登碼頭的轎子，也不問價錢，各人找著一乘，就坐上去了。上了碼頭之後，魏太太的路線還有二三百級坡子要爬，她依然是在轎子裡。范先生已是人力車路，就下了轎子了。因站在馬路上叫道：「不要忘記，明天等你吃晚飯。」魏太太在轎子上答應著去了。

范寶華一頭高興地回家，吳嫂在樓下堂屋裡迎著笑道：「今天又是一整天，早上七點多鐘出去，晚上九點多回來。你還要買金子？」范寶華道：「除了買金子，難道我就沒有別的事嗎？」他一面說著，一面上樓，到了房間裡，橫著向床上一倒，嘆了一口氣道：「真累！」

吳嫂早是隨著跟進來了，在床沿下彎下腰去，在床底下摸出一雙拖鞋來，放在他腳下，然後給他解著鞋帶子，把那雙皮鞋給脫下來。將拖鞋套在他腳尖上，在他腿上輕輕拍了兩下，笑道：「伺候主人是我的事。主人發了財，就沒得我的事了。」范寶華笑道：「我替你說了，二兩金子，二兩金子！」吳嫂道：「我也不是一定是啥金子銀子，只要有點良心就要得咯。」范寶華道：「我良心怎麼樣了？」

吳嫂已站起來了，退後兩步，靠了桌子角站定，將衣袋裡帶了針線的一隻襪底子低頭縫著。因道：「你看嗎？都是女人嗎。有的女人，你那樣子招待，有的女人，還要伺候你。」范寶華哈哈一笑地坐了起來，因道：「不必吃那飛醋，雖然現在我認識了一位田小姐，她是我的朋友，我們過往的時間是受著限制的。你是替我看守老營的人，到底還是在一處的時候多。」

吳嫂道：「朗個是田小姐，她不是魏太太嗎？」范寶華道：「還是叫她田小姐的好。」吳嫂把臉沉了下來道：「管她啥子小姐，我不招閒（如滬語阿拉勿關），我過兩天就要回去，你特別（另外也）請人吧。」范寶華笑道：「你要回去，你不要金子了嗎？」吳嫂嘴一撇道：「好稀奇！二兩金子嗎！哼！好稀奇。」說時，她還將頭點上了兩點，表示了那輕視的樣子。

這個動作，可讓范先生不大高興，便也沉下了臉色道：「你這是什麼話，你是我雇的傭人，無論什麼關係，傭人總是傭人，主人總是主人，你作傭人的，還能干涉到我作主人的交女朋友不成？你要回去，你就回去吧。我姓范的就是不受人家的挾制。我花這樣大的工價，你怕我雇不到老媽子。」吳嫂什麼話也不能說，立刻兩行眼淚，成對兒地串珠兒似的由臉腮上滾了下來。范寶華走到桌子邊，將手一拍桌子道：「你儘管走，你明天就和我走。豈有此理。」說著，踏了拖鞋下樓去了。

吳嫂依然呆站在桌子角邊。她低頭想著，又抬起頭來對這樓房四周全看了一看，她心裡隨了這眼光想著：這樣好的屋子，可以由一個女傭人隨便地處置。看了床後疊的七八口皮箱，心裡又想著，這些箱子，雖是主人的，可是鑰匙卻在自己身上，愛開哪個箱子，就開哪個箱子。這豈是平常一個老媽子所能得到的權利？至於待遇，那更不用說，吃是和主人一樣，甚至主人不在家，把預備給主人吃的先給吃了，而主人反是吃剩的。穿的衣服呢？重慶當老媽子，儘管多是年輕的，但也未必能穿綢著緞。最摩登的女僕裝束，是淺藍的陰丹士林大褂，與杏黃皮鞋。這樣的大褂，新舊有四件，而皮鞋也有兩雙。工薪呢，初來的時候，是幾十元一月，隨了物價增漲，已經將明碼漲到一萬，這在重慶根本還是駭人聽聞的事，而且主人也沒有限制過這個數目，隨時可以多拿。尤其是最近答應的給二兩金子，這種恩惠，又是哪裡可以找得到的呢？辭工不幹，還是另外去找主人呢？還是回家呢？另找主人，決找不到這樣一位有家庭沒有太太的主人。回家？除了每天吃紅苕稀飯而外，還要陪伴著那位黃泥巴腿的丈夫，看慣了這些西裝革履的人物，再去和這路人物周旋，那滋味還是人能忍受的嗎？

她越想她就越感到膽怯，不論怎麼樣也不能是自動辭工的了。辭工是不能辭工，但是剛才一番做作，卻把主人得罪了。手上拿了那隻襪底子，綻上了針線，卻是移動不得。這樣呆站著，總有十來分鐘，她終於是想明白了。這就把襪底子揣在身上。溜到廚房裡去，舀了一盆水洗過臉，然後提著一壺開水，向客堂裡走來。

范先生是架了腿坐在仿沙發的籐椅上。口裡銜了一支紙菸，兩手環抱在胸前，臉子板著一點笑容都沒有。吳嫂忍住胸口那份氣岔，和悅了臉色，向他道：「先生，要不要泡茶？」范寶華道：「你隨便吧。」

吳嫂手提了壺，呆站著有三四分鐘，然後用很和緩的聲音問道：「先生，你還生我的氣嗎？我們是可憐的人嗎！」說到這裡，她的聲音也就硬了，兩包眼淚水在眼睛裡轉著，大有滾出來的意味。

范寶華覺得對她這種人示威，也沒有多大的意思，這就笑著向她一揮手道：「去吧去吧。算了，我也犯不上和你一般見識。」吳嫂一手提著壺，一手揉著眼睛走向廚房裡去了。范寶華依然坐著在抽菸，卻淡笑了一笑，自言自語道地：「對於這種不識抬舉的東西，絕不能不給她一點下馬威。」就在這時，李步祥由天井裡走進來，向客堂門縫裡伸了一伸頭，這又立刻把頭縮了回去。

范寶華一偏頭看到他的影子，重聲問道：「老李，什麼事這樣鬼鬼祟祟的。」他走了進來，兀自東張西望，同時，捏了手絹擦著頭上的汗。然後向范寶華笑道：「我走進大門就看到你悶坐在這裡生氣，而且你又在罵人不識抬舉。」范寶華笑道：「難道你是不識抬舉的人？為什麼我說這話你要疑心？」李步祥坐在他對面椅子上，一面擦汗，一面笑道：「也許我有這麼一點。你猜怎麼著，今天一天，我坐立不安。我到你家裡來過兩次你都不在家。」

范寶華道：「你有什麼要緊的事，要和我商量嗎？」李步祥抬起手來搔搔頭髮道：「你的金子是定到三百兩了，可是黃金定單，還在萬利銀行呢。這黃金能說是你已拿到手了嗎？你沒有拿到手，你答應給我的五兩，那也是一場空吧？」范寶華道：「那要什麼緊，我給他的錢，他已經入帳。」李步祥道：「銀行裡收人家的款子，哪有不入帳之理？他給你寫的是三百兩黃金呢？還是六百萬法幣？」范寶華道：「銀行裡還沒有黃金存戶吧？」李步祥道：「那麼，他們應當開一張收據，寫明收到法幣六百萬元，代為存儲黃金三百兩。你現在分明是在往來戶上存下一筆錢，你開支票，他兌給你現鈔就是了，他為什麼要給你黃金？若給你黃金的話，一兩金子，他就現賠一萬五，三百兩金子，賠上四百五十萬。他開銀行，有那賠錢的癮嗎？」

范寶華吸著紙菸，沉默的聽他說話。他兩個指頭夾了菸支放在嘴唇裡，越聽是越失去了吸菸的知覺。李步祥說完了，他偏著頭想了一想，因道：「那不會吧？何經理是極熟的朋友，那不至於吧？」李步祥道：「我是今天下午和老陶坐土茶館，前前後後一討論，把你的事就想出頭緒來了。那萬利銀行的經理，他有那閒工夫，和別人買金子，讓人家賺錢，他倒是白瞪著兩眼，天下有這樣的事嗎？開銀行的人，一分利息，也會在帳上寫得清清楚楚，我不相信他肯把這樣一筆大買賣，拱手讓人。」

范寶華將手指頭向菸碟子裡彈著菸灰，因道：「喲！你越說越來勁，還抖起文來了。你說不出這樣文雅的話，這一定是老陶說我把這筆財喜拱手讓人。」李步祥咧開了厚嘴唇的大嘴，嘻嘻地笑著。

范寶華背了兩手在屋子裡踱來踱去。然後頓一頓腳道：「這事果然有點漏洞。我是財迷心竅，聽說有利可圖，就只想到賺錢，可沒有想到蝕本。」李步祥道：「蝕本是不會蝕本，老陶說，一定是萬利銀行想買進大批黃金，一時抓不到頭寸，就在熟人裡面亂抓。你想，他明知道這二日黃金就要漲價，他憑什麼不大大地買進一筆，就是他沒有意思想作這投機生意，你在這個時候，幾百萬的在他銀行存著，他為什麼不暫時移動一下。你相信你存進去的幾百萬，他會凍結在銀行裡嗎？你又相信他作了黃金儲蓄，不自己揣起來，會全部讓給別人嗎？」

范寶華道：「你和老陶所疑心的，那一點不會錯，不過何經理斬釘截鐵地和我說著，他不應該失信。縱然他有意坑我，一位堂堂銀行的經理，騙我們這小商人的錢，見了面把什麼話來對我說？」李步祥笑道：「我們想來想去，也就只有這樣想著，明天你不妨向何經理去要定單，看他怎麼說？你可不能垮，你要垮了，我們的希望那就算完了。」

范寶華是點了一支紙菸夾在手指上的。他把兩隻手背在身後，在屋子裡踱來踱去。聽了這話，把手回到前面，把那截紙菸頭子突然地向身邊的痰盂裡一扔，又把腳一頓，唉了一聲道：「不要說了，說得我心裡慌亂得很。」李步祥看他的顏色，十分不好，說了聲再見，一點頭就走了。

范寶華滿腹都是心事，也不和他打招呼，兀自架腿坐在椅子上吸菸。那吳嫂不知就裡，倒以為主人還是發著她的氣，特別地殷勤招待。在平常，范寶華到了晚上十二點鐘總要出去，到消夜店裡去吃頓消夜。今天晚上也不吃消夜了，老早地就上樓去安歇。他這晚上，在床上倒作了好幾個夢，天不亮他就醒了。

他睜著眼睛躺在床上，到了七點多鐘，再也不能忍耐了，立刻披衣下床，就走出了門去。他為了要得著些市場上的消息，就在大梁子百貨市場的旁邊，找了家館子吃早點。這座位上自有不少的百貨商人看到了他占著一副座頭，都向他打個招呼，說聲范老闆買金子發了財。范寶華正是心裡十分不自在，人家越說他買金子發財，他心裡越不受用。懷著一肚子悶氣，端了一杯茶，慢慢地呷著，還另把一隻手託了頭，只管對著桌上幾碟點心出神。肩膀上輕輕地讓人拍了一下。接著一股子脂粉香味，送到鼻子裡來。

他回頭看時，是個意外的遇合，乃是袁三小姐。便站起來笑道：「早哇！這時候就出來了。」她也不等人讓，自行在橫頭坐下，兩手抱了膝蓋，偏了頭向范寶華笑道：「我是特意找你來的，你怕我找你嗎？」他坐下笑道：「我為什麼怕你呢？至少，我們現在還是朋友呀。」

袁三先叫著茶房要了一杯牛乳，又要了一份杯筷，然後向他道：「既然還是朋友，我就不必客氣了。老范，人家都說你在前日，搶買了大批黃金，你真有手段，這又發了整千萬的大財吧？」范寶華提著茶壺，向她杯子裡斟著茶，笑道：「黃金儲蓄是做了一點，可是我為這件事，還大大的為難呢！」於是就把萬利銀行辦手續的經過全告訴了她。然後向她笑道：「我越想越不是路數，恐怕是上了人家的當。」

袁小姐笑道，哼一聲，眼珠向他瞟著道：「假如現在我們還沒有拆夥，我和你出點主意，就不會讓你這樣辦。我用錢是鬆一點，但是我也不會白花人家的。不過站在朋友的立場上，我還可以幫你一點忙。索性告訴你，我今天起這個早，就是特意來找你的。」范寶華道：「我這件事，很少有人知道哇，莫不是老李告訴你的。」

這時，大玻璃杯子，盛著牛乳送來了。她用小茶匙舀著牛乳慢慢的向嘴裡送著。因微笑道：「你小看了袁三了。我路上有兩個熟人，也是在萬利做來往的。那何經理是用對付你的手腕，一般地對付他們，說是可以和他們搶做一批黃金儲蓄，把人家的頭寸，大批地抓到手上足足地作上一批黃金儲蓄，那可是他的了。」范寶華道：「你怎麼知道萬利銀行會這樣幹？」

袁三笑道：「已經有人上了當，明白過來了。人家比你做的還十分周到呢。萬利收到他款子的時候，還開了一張臨時收據，言明收到國幣若干，按官價代為儲蓄黃金，一俟將定單取得，即當如數交付。收據是這樣子說的，照字面說，並沒有什麼毛病，可是昨天那儲蓄黃金的人，和銀行裡碰頭時，他們就露出欺騙的口風了。第一就是這次黃金加價，外面透露了風聲，財政部對於黃金加價先一日的儲戶，一概不承認，定單大概是拿不到了。若一定要儲蓄，只有按三萬五千元折合。老范，你這次可上了人的當，那樣的一張代存黃金儲蓄的收據都沒有，你憑著什麼向人家要黃金定單。」

他本來是滿肚子不自在。聽了這些話，臉色變了好幾次，這就斟滿了一杯茶，端起來一飲而盡，接著一擺頭道：「不談了，算我白忙了三四天。」這時，正有一陣報販子的叫喚聲音，由大門外傳了進來。范寶華起身出去，買了一份，兩手捧著一面走，一面看；走回了座位。將報放在桌上，用手拍了報紙道：「完了完了，就是萬利銀行承認，我作了黃金儲蓄，我也沒法子取得定單。」

袁三取過報來看時，見要聞欄內，大衣鈕扣那麼大的字標題：「黃金加價洩漏消息」大題外，另有一行小些的字標題，乃是某種人舞弊政府將予徹查。再細看內容，也就是外傳的消息，黃金加價頭一天定的黃金儲蓄，一律作廢。袁三將報看完，帶著微笑，依然放下。望了他道：「老范，我們總還算是朋友，你能不能相信我的話，讓我幫你一點忙？」范寶華道：「事到於今，還能有什麼法子挽回這個局面嗎？」

袁三道：「你存在萬利銀行的那筆款子，他雖不能給你黃金定單，可是他還能不退回你的現鈔嗎？你有現鈔，怕買不到黃金？」范寶華不由得笑了，很自在地取了一支菸銜在嘴裡，劃了火柴點著，吸著菸噴出一口煙來。因道：「這一層你還怕我不知道。可是再拿現鈔去買黃金，就是三萬五千元一兩了。」

袁三笑道：「你雖是個游擊商人，若論到投機倒把，我也不會比你外行。若是叫你去買三萬五千元一兩的黃金，我也就叫多此一舉了。」范寶華將手指著報上的新聞道：「你看黃金黑市，跟著官價一跳，已跳到了七萬二。還有比三萬五更低的金子可買嗎？」

袁三笑道：「你買金子，鑽的是官馬大路，你是找大便宜的，像人家走小路撿小便宜的事，你就漆黑了。昨天的黃金，不是加價了嗎？就有前兩天定的黃金儲蓄，昨天才拿到定單的。照著票面，兩萬立刻變成了三萬五，他賺多了。若是到六個月，拿到值七八萬元一兩的現金，那就賺得更多，可是那究竟是六個月以後的事呀。算盤各有不同，他寧可現在換一筆現金去作別的生意，所以很有些拿到二萬一兩定單的人，願以三萬一兩的價格出賣。在他是幾天之間，就賺了百分之五十，利息實在不小。你呢，少出五千元一兩，還可以作到黃金儲蓄，這比完全落空，總好得多吧？你若願意出三萬元一兩，我路上還有人願出讓三四百兩。你的意思怎麼樣？」她說著這話時，將一隻右手拐撐在桌沿上，將手掌託了下巴，左手扶了茶杯，要端不端地，兩隻眼睛，可就望了范寶華的臉。

范寶華道：「照說，這是一件便宜買賣。不過我明明買到了二萬一兩的黃金，忽然變著多出百分之五十，我不服這口氣。」袁三聽說，手拿了桌上的皮包，就突然地站了起來。因笑道：「我話只說到這裡，信不信由你。擾了你一杯牛乳，我謝謝了。」說著扭身走去。

她走到了餐廳門口回頭看來，見他還是呆呆地坐在座頭上的，卻又回轉身，走到桌子邊，笑道：「老范，我們交好一場，我不忍你完全失敗，我還給你一個最後的機會。假如你認為我說的話不錯，在三天之內去找我，那還來得及。三天以後，那就怕人家脫手了。」她說著將皮包夾在肋下，騰出手來，在范寶華肩膀上輕輕拍了兩下。她向來是濃抹著脂粉的，當她俯著身子這樣的輕輕地拍著的時候，就有那麼一陣很濃的香氣，向老范鼻子裡襲了來。他昂起頭來，正想回覆她兩句話，可是她已很快地走了。尤其是她走的時候，身子一掀，發生了一陣香風。這次她走去，可是真正地走了，並不曾回頭。

范寶華望了她的去影，心裡想著：這傢伙起個早到茶館子裡來找我，就為著是和我計劃作筆生意嗎？她有那樣的好意，還特意起個早，來照顧我姓范的發財嗎？他自己接連地向自己設下了幾個疑問，也沒有智力來解決。但他竟不信李步祥和袁三懷疑的話，完全靠得住。他單獨地喝著茶，看看報，熬到了九點鐘，是銀行營業的時候了，再不猶豫，就徑直地衝上萬利銀行。

到了經理室門口，正好有位茶房由裡面出來，他點了頭笑道：「范先生會經理嗎？」范寶華道：「他上班了嗎？」茶房道：「昨日上成都了。」范寶華道：「前兩天沒有說過呀。那麼，我會會你們副理劉先生吧。」茶房道：「劉副理還沒有上班。」范寶華道：「你們經理室裡總有負責的人吧？」茶房道：「金襄理的屋子裡。」范寶華明知道襄理在銀行裡是沒有什麼權的，可是到了副經理不在家，那只有找襄理了，於是就叫茶房先進去通知一聲。

那位金襄理還是穿了那身筆挺的西服，迎到屋子外來，先伸了手和他握著，然後請到經理室裡去坐。范寶華心裡憋著一肚子問題，哪裡忍得住，不曾坐下來，就先問道：「何經理怎麼突然到成都去了？」金襄理很隨便地答道：「老早就要去的了，我們在那裡籌備分行。」說畢，在桌上菸筒子裡取來一支菸敬客。范寶華接著菸，也裝著很自在的樣子，笑問道：「何經理經手，還替朋友代定著大批的黃金儲蓄呢。」金襄理取過火柴盒，取了一支火柴擦著了火，站在面前，伸手給他點菸，笑道：「那沒有關係，反正有帳可查。」這句很合理的話，老范聽著，人是掉在冷水盆裡了。

第十二回　一張支票

根據李步祥和袁三的揣測，萬利銀行代定黃金儲蓄的事，分明是騙局。本來范寶華還不信他們的話是真的，現在聽說何經理突然到成都去了，天下事竟有這麼巧，那分明是故意的了。站在經理室裡，倒足足地發呆了四五分鐘。金襄理依然還是不在乎的樣子，自己點了一支菸吸著。因道：「范先生也定得有黃金儲蓄嗎？」他道：「我正為此事而來，曾托何經理代作黃金儲蓄三百兩。」金襄理像是很吃驚的樣子，將頭一偏，眼睛一瞪道：「三百兩？這個數目不小哇。我還不曾聽到說有這件事，讓我來查查帳看。」

范寶華搖搖頭道：「你們帳上是沒有這筆帳的。我給的六百萬元，你們收在往來戶頭上了。」金襄理將兩個指頭，把嘴裡抿著的紙菸，取了出來，向地面上彈著灰，將肩膀扛了兩扛。笑道：「這非等何經理回來，這問題就解絕不了。這事我完全不接頭。」

范寶華到了這時，算是揭破了那啞謎，立刻一腔怒火向上把臉漲紅了。連搖了幾下頭道：「不然，不然！這事情雖然金襄理未曾當面，你想，我們銀行裡的往來戶，還能訛詐銀行嗎？這是何經理當著我的面，懇懇切切和我說的，讓我交款子給他，他可以和我在中央銀行定到黃金。」金襄理不等他說完，立刻搶著道：「也許那是事實，不過那是何經理私人接洽的事，與銀行無關。這事除了范先生直接和何經理接洽，恐怕等不著什麼結果。不過范先生的錢若是已經存入往來戶的話，那就不問范先生是不是存了黃金，我們只是根據了帳目說話，范先生要提款，那沒有問題。」

范寶華笑著打了個哈哈，因道：「我也不是三歲二歲的孩子，在銀行裡存了錢，我還不知道開支票提款嗎？有款提不出來，那成了什麼局面？」金襄理笑道：「請坐吧，范先生。這件事我們慢慢地談吧，反正有帳算不爛。」范寶華站著呆了一會笑道：「誠然，我的款子是存在往來戶上，我就認他這是活期存款吧。」說著，又淡笑了一笑，向金襄理點了兩點頭，立刻就走出萬利銀行了。

他先到寫字間裡坐了兩小時，和同寓的商人，把這事請教過了，都說，這事沒有什麼可補救的。你錢是存在往來戶上，能向人家要金子嗎？他前前後後地想著，這分明是那個姓何的騙人，李步祥這種老實人都看破了，自己還有什麼可說的。又回想到袁三說的話，也完全符合。人家都說自己作了一批金子發了大財，於今落了個大笑話，未免太丟人了。袁三說，只要肯出三萬一兩，還可以買到人家兩萬儲蓄的定單，雖是每兩多花一萬元，究竟比新官價少五千元，還是個便宜。

他坐在寫字臺邊，很沉思了一會子，最後他伸手一拍桌子道：「一不作，二不休，我非再買足三百兩不可。去！去找袁三！」他自言自語地完了，也沒有其他考慮，立刻起身去尋袁三。

這是上午十點鐘，袁三小姐上午不出來，這時可能還在睡早覺，既出來了，她就非到晚上不回去。范寶華午飯前去了一趟，袁小姐不在家，下午五點鐘再去一趟，她依然不在家。可是由袁小姐寓所裡出來，卻有個意外的奇遇，魏太太卻正是坐著人力車子，在這門口下車，出得門來，正好和她頂頭相遇，要躲避也無從躲避。只好咦了一聲，迎上前道：「巧遇巧遇！」

魏太太看到他，也是透出幾分尷尬的樣子，笑道：「我們還不能算是不期而遇吧？」范寶華道：「你是來找袁三的？我今天來找她兩次了，她不在家。」魏太太道：「什麼袁三袁四？我並不認得她。這裡二層樓上有我一家親戚，我是來訪他們的。」范寶華看她的面色，並不正常，她所說的話，分明完全是胡謅的。當時也不願說破，含笑閃在一邊，讓她走進門去。他也不走遠，就閃在大門外牆根下站著。

果然是不到十分鐘，魏太太就出來了。他又迎上前笑道：「快到了我約會你的時候了。」魏太太道：「謝謝吧。你這個主人一點能耐沒有，駕馭不了老媽子。我看她，對我非常的不歡迎，我不願到你公館裡去看老媽子的顏色。」范寶華笑道：「那是你多心，沒有的話，沒有的話。你不願到我家裡去，我們先到咖啡館裡去坐坐。」她望著他微笑道：「就是你我兩個人？」

范寶華哦了一聲算明白了，因道：「我有生意上許多事要和你暢談一下，也就是我來找袁三的原故。在咖啡座上，也許不大好談，你到我寫字間裡去罷。」魏太太道：「你的黃金儲蓄定單，已經拿到了？」她問到這句話時，兩道眉峰揚了起來。范寶華道：「我止要把這件事告訴你。我興奮得很，我要把我的新計劃，對你說一說。」提到金子，提到了關於金子的新計劃，魏太太就不覺得軟化了。笑道：「充其量你不過是把寫字間鎖起來，把我當一名囚犯，我已經經驗過了的，也算不了一回什麼事。」

范寶華笑道：「你知道這樣說，這事就好辦了。要不要叫車子呢？」魏太太並不答話，挺了個胸脯子，就在前面走著。范寶華帶了三分笑容，跟在她後面走。她倒是很爽直的，徑直地就走到寫字間的大樓上來。這已是電燈大亮的時候，范寶華用的那個男工，將寫字間鎖著，逕自下班了。魏太太走到門邊，用手扶了門上黃銅扭子，將它轉了幾轉，門不能開。她就靠了門窗，懸起一隻腳來，將皮鞋尖在樓板上連連地顛動了，微斜了眼睛，望著後面來的范寶華。他到了面前，低聲笑道：「你那裡不還有我幾把鑰匙嗎？」魏太太紅著臉道：「你再提這話，以後……」

范寶華亂搖著兩手，不讓她把話說了下去。他笑嘻嘻地將門打開，讓她走進房去。魏太太首先扭著門角落裡的電門子，將電燈放亮，但立刻她又十分後悔，人家的寫字間，自己是怎麼摸得這樣熟練呢！電燈亮了，而寫字間的布置，多半是沒有什麼移動，她看了這些，回想到今日又到了這個吃虧的地方，雖然是過去了的事，可是那天的事情，樣樣都在眼前，不由得這顆心房，怦怦地亂跳。紅著臉，手扶了寫字臺，只是呆呆地站著。

范寶華隨手掩了房門，笑道：「田小姐，坐下吧。」魏太太將手撫著胸口，皺了眉道：「老范，我看還是另找個地方去談談吧，我在這地方有些心驚肉跳。」范寶華走向前，在她肩上輕輕拍了一下，笑道：「不要回想前事，只要你能夠和我合作，這個寫字間，就是你我發祥之地，將來我們若有長期合作的希望，這寫字間還大大地可以紀念一下呢。」說著，他握了魏太太的手，同在長的籐椅子上坐下。

她的臉色沉著了一下，但忽然又帶上了笑容，搖著頭道：「不要談得那樣遠吧。我覺得這物價指日高升的時候，什麼打算，沒有比鞏固了經濟基礎更要緊的。你作的黃金儲蓄，把定單拿到了沒有？」范寶華嘆口氣道：「唉！我受了人家的騙。好在本錢並沒有損失，我當然要再接再厲地幹下去。」

說到這裡，他頗勾起了心事，於是坐到寫字臺邊去，先亮上了檯燈。隨著抬起兩隻腳來，放在桌子上，然後吸著紙菸，把儲蓄黃金落空的事告訴了她。又笑道：「你在袁三門口，看到我出來，必然大為奇怪，以為我們又和好了。我和她合作不了，你放心。」魏太太笑著一擺頭道：「笑話！我有什麼放心不放心。」

范寶華道：「這也不去管它，我今天特地去找她兩次，是由於她今天早上在茶館裡找著我，說是有人願把最近取得的黃金儲蓄單出讓。當然是兩萬元一兩定著的。現在他願意少官價五千元，三萬一兩求現。我想了一想，兩萬一兩，既是落空，能只出三萬元買到定單，還是一樁便宜，所以我急於找她把這事弄定妥。」魏太太笑道：「你們又合作經商。看她每天打扮得花蝴蝶子似的，倒不忘記賺錢。」

范寶華笑道：「這樣說：你們天天見面。」魏太太道：「也不過在朱四奶奶那裡會過她兩次。」范寶華道：「你倒是常去朱家。」她笑道：「常去又怎麼樣？其實，我也不過去過兩三回。」范寶華道：「那麼，你在她面前問我來著？」魏太太頓了一頓，笑道：「我也不能那樣幼稚吧？」范寶華道：「我想你也不會。不過你今天既是特意去找她，應該是有什麼事去和她商量吧？」魏太太將頭微偏著想了一想，微笑道：「反正總有點事去找她，女人的事，你怎麼會知道。」

范寶華由桌子上抽回腳來，站起來一跳，因道：「我心裡本來是一團亂草，不知道怎麼是好。你一和我說話，就引起了我的興趣，什麼也不想了。你可以多耽擱一會嗎？我開個單子，叫館子裡送些酒菜來，我們就在這裡吃晚飯。」魏太太對於這個約會，倒不怎樣的拒絕，將手皮包放在懷裡，兩手不住的撫弄著。她眼光望了皮包道：「你以為我家裡窮得開不了伙食，天天到你這裡混一餐晚飯吃。」

范寶華笑道：「言重言重。」魏太太道：「什麼言重呀！你就是這樣每天招待我一頓晚飯，讓我提心吊膽地跑了來找你，以前，我不過是實逼處此，不能不向你投降。可是這幾日，你可以看得出來，我已經因你的緣故，把對家庭的觀念動搖了。士為知己者死，只要你永遠是這樣地對待我，我是願為你犧牲的。你以為我去找袁三，是對你有什麼不利之處嗎？那就猜到反面去了。我正和她交朋友，打算在她口裡探聽出來，你喜歡吃什麼？你喜歡女人穿什麼衣服。你也認得我這樣久了。你看我總是穿了這一件花綢夾袍子，我也應當做兩件衣服。以後少不了和你同出去的時候，大家都是個面子。我總不能老是這一套。」

范寶華笑道：「有你這話，我死了都閉眼睛。衣服，那不成問題，你要作什麼料子的。我還有兩家綢緞店的熟人，我可以奉送你幾件，就是裁縫工，我也可以奉送。因為那兩家綢緞店，全都代人作衣服的。」魏太太道：「你那意思，以為我可以和你一路到綢緞店裡去？你范先生要什麼緊，無拘無束，愛做什麼就做什麼？可是你沒有替我想想，我是什麼身分。我哪回到你這裡來，不是手心裡捏著一把冷汗。我是回去，我心裡也撲通撲通要跳個很久。」

范寶華道：「那好辦，我給錢你自己去買吧。支票也可以嗎？」魏太太想了一想，因道：「也可以，你不寫抬頭就是了。」范寶華笑道：「穿衣服是未來的事，吃飯問題，可就在目前。我來開個菜單子去叫菜。」說著，坐下去。在身上抽出自來水筆，取過一張紙放在面前，將手按著，偏了頭望著她道：「你想吃些什麼？」魏太太道：「你打算真到館子裡去叫菜嗎？那大可不必。我知道你們這大樓裡就有座大廚房。你就向這廚房裡招呼一聲，他們有什麼就做什麼來吃。以後我這地方，不免常來，每次都向館子裡叫菜來吃，既是很浪費，而且端來了也都冷了。」

范寶華點著頭笑道：「我依你，我依你。只是不恭敬一點。」魏太太半抬了頭向他瞟上一眼，因微笑道：「你還約我長期合作呢，怎麼說這樣的話？」范寶華笑嘻嘻地站起來，點著頭道：「我親自到廚房裡去叫菜。不忙，我這人容易忘事，先把支票開給你吧。」說著，又坐了下去。立刻在身上掏出支票簿子來，開了一張二十萬元的支票，蓋上圖章交給魏太太道：「你看這數目夠了嗎？」魏太太接過支票來，先笑了一笑，然後望了他道：「這有什麼夠不夠的，你就給我十萬，我也夠了，不過少做兩件衣服而已。」

范寶華笑道：「我又要自誇一句了。我作金子賺的錢，送你四季衣服的資本，那是太不成問題了。你看中了什麼衣料，儘管去買，錢不夠，隨時到我這裡來。」她聽到他這樣慷慨地答應著，實在不能不感謝，可是口裡又不願說出感謝的字樣，將右手抬起來，中指壓住大拇指，啪的一聲，向他一彈，而且還笑著一點頭。

范寶華也是很高興，笑嘻嘻地親自跑到廚房裡去，點了四菜一湯，讓他們送了來，兩人飽啖一頓，飯後，又叫廚房熬了一壺咖啡來喝。魏太太談得起勁，也就不以家事為念，直到十一點多鐘，方才回家去。

魏先生的公事，今天是忙一點，疲倦歸來，早已昏然入睡了。魏太太本想叫醒他的，轉念一想，他睡著了也好。這樣，他就不曉得太太是幾時回來的了。次日早上，卻是魏端本先醒，因為他作了一個夢，夢到和司長科長定的那批黃金，卻把儲蓄單子兌到現金，手裡捧一塊金磚，正不知道收藏在什麼地方是好，耳朵裡卻聽到很多人叫著，捉那偷金磚的人。自己扯起腿來跑，身後的叫喊聲，卻是越來越大，急得出了一身汗。睜開眼來看，吊樓上的玻璃窗戶，現出一片白，那喊叫聲在街上兀自叫著沒歇。仔細聽去，原來是下早操的國民兵，正在街上開步跑，叫著一二三四呢。自己在枕上又閉著眼想了一想，若是真得了一塊金磚，那就什麼問題都解決了。可是這金磚怎能夠得到它呢？金磚不必去想，還是和司長科長作的這批黃金儲蓄，趕快去把它弄到手吧。這事在機關裡，偷偷摸摸的總不大好去和科長談判。今天可以起個早，先到科長家裡去把他攔著。

主意想定了，一骨碌就爬了起來。自己打了水到屋子裡來漱口洗臉。太太在床上是睡得很熟，水的響聲，把她驚醒了。睜眼看了一下，依然閉著。一個翻身向裡閉了眼睛道：「怎麼起床得這樣的早？」魏先生道：「我要到科長家裡去談談，你睡你的吧。」他雖是這樣答應了，太太卻沒有作聲，又睡著了。

魏端本看了太太，見她身穿的粉紅布小背心，歪斜在身上，那胸襟小口袋裡露出一塊紙頭，好像是支票。魏先生對於近幾日太太用錢的不受拘束，很是有點詫異，而且她手頭鬆動，並未向自己要錢。原是想問她兩句，既怕得罪了她，而且那些話也想像得出來，必然說是贏來的，那也就不必多此一問了。這時看到這支票頭子，頗引起了好奇心，這就悄悄地走到床邊，伸出兩個指頭，將支票夾住，抽了出來。他看那全張時，正是二十萬元的一張支票。下面的圖章，雖是篆字，仔細地看著，也看得出來，乃是「范寶華印」四字。上次和他成交幾百萬買賣，接過他的字據，不也是這顆圖章嗎？他為什麼給太太這麼多錢？而且就是昨日的支票。自然他和她是常在一處賭錢的。原來只知道他們賭錢是三五萬的輸贏，照這支票看起來，已是幾十萬的輸贏了，那還得了。他怔怔地將支票看了好幾分鐘，最後，他搖了兩搖頭，依然把那支票悄悄地送回到太太衣袋裡去。

她昨晚上回來的時候，人是相當的疲倦，隨便地把這支票向小背心的小口袋裡塞了去，並沒有什麼顧慮。一覺醒來，她聽到街上的市聲，很是嘈雜，料著時間已是不早。立刻坐了起來，在枕頭褥子下面，掏出手錶來一看，時間乃是十點。再將小背心的衣襟牽扯了幾下，掏出小口袋裡的支票看了一看，並不見得有什麼不對之處，依然把支票折疊著塞在小口袋內。披衣下床，趕緊地拿著臉盆要向廚房裡去。

楊嫂手上抱著小渝兒，牽著小娟娟，正向屋子裡走。在房門口遇個正著。楊嫂道：「太太，讓我去打水吧，我把娃兒放在這裡就是。」魏太太道：「你帶著他們吧，我要趕到銀行裡去提筆款子。」小娟娟牽著她的衣襟道：「媽媽你帶我一路去吧。」魏太太撥開了她的手道：「不要鬧！」娟娟噘了小嘴道：「媽媽，你天天都出去，天天都不帶我，你老是不帶我了嗎？」小孩子這樣幾句不相干的話，倒讓她這口氣向下一挫，心裡隨著一動，便牽過女兒來，將臉盆交給楊嫂。

楊嫂將小渝兒放在地上，摸了他的頭髮道：「在這裡耍一下兒，不要吵。你媽媽今天買肉買雞蛋轉來，燒好菜你吃。」娟娟又噘了嘴道：「我們好久沒有吃肉了。」魏太太道：「哪有那麼饞？又有幾天沒吃肉哩？」她是這樣地說了，牽著兩個孩子到床沿上坐著，倒說不出來心裡有一種什麼滋味。兩隻手輪流的在小孩子頭上臉上摸摸，因道：「今天我帶你們出去就是，你們不要鬧。」兩個孩子，聽說媽媽帶去出門，高興得了不得，在母親左右，繼續地蹦蹦跳跳。娟娟牽著媽媽的衣襟，輕輕跳了兩下，將小食指伸著，點了弟弟道：「不要鬧，鬧了媽媽就不帶你上街了。」

魏太太被這兩個小孩子包圍了，倒不忍申斥他們，只有默然地微笑。楊嫂打著洗臉水來了，她在五屜桌上支起了鏡子開始化妝。這兩個孩子，為了媽媽的一句話，也就變更了以往的態度，只是緊傍了母親，分站在左右。魏太太伸伸腿彎彎腰，都受著孩子們的牽制。她瞪著眼睛，向孩子們看了看，見他們挨挨蹭蹭的站在身邊，那四只小眼珠又向人注視著，這就不忍發什麼脾氣了。她想著：出門反正是坐車，就帶著兩個孩子也不累人，而況到銀行裡兌款或到綢緞店去買衣料，都不是擁擠的所在，這雖帶著兩個孩子，那也是不要緊的。她這樣地設想了，也就由孩子跟著。

等著自己在臉上抹胭脂粉的時候，對了鏡子看看，忽然心裡一個轉念，在自己化妝之後，人是年輕得多，而也漂亮得多，若是帶兩個很髒的孩子到銀行綢緞店去，人家知道怎麼回事？有一位年輕的太太，帶著這樣髒的孩子的嗎？她這樣地想著，對兩個孩子，又看上了兩眼，越看是孩子越髒，不由得搖了兩搖頭。因叫著楊嫂進來，向她皺了眉道：「你看，孩子是這樣的髒，能見人嗎？」

楊嫂抿了嘴笑著，對兩個孩子看看。魏太太道：「你笑什麼？」楊嫂道：「我就曉得你不能帶這兩個娃兒出去咯，你看他們好髒喲！媽媽穿得那樣漂亮，小娃兒滿身穿著爛筋筋，郎個見人嗎？」魏太太的心，本已動搖了，聽了這話，越是對兩個孩子不感到興趣，這就向楊嫂丟了個眼色，又在衣袋裡掏出兩張鈔票來，交給她道：「你帶他們去買東西吃吧。」

楊嫂道：「來，兩個娃兒都來。」娟娟道：「你騙我，我不去。你把我騙走了，我媽媽就好偷走了。我要和我媽媽一路去看電影。」她說著這話，牽了她媽媽的衣襟，就連扭了幾下。

魏太太把臉色沉下來，瞪了眼道：「這孩子是賤骨頭，給不得三分顏色，給了三分顏色就要和我添麻煩。有錢給你去買東西吃，你還有什麼話說，給我滾。」說著把手將孩子推著。小娟娟滿心想和媽媽上街，碰了這麼個釘子，哇的一聲哭了。

楊嫂一手牽著一個孩子，就向門外拉，口裡叫道：「隨我來，買好傢伙你吃，像那天一樣你媽媽贏了錢回來，我們打牙祭，吃回鍋肉，要不要得？」魏太太站在五屜桌邊對了鏡子化妝，雖是憐惜這兩個孩子哭鬧著走開，可是想到這青春少婦，拖上這麼兩個孩子，無論到什麼地方去，也給自己減色，這就繼續地化妝，不管他們了。

這究竟因為是花錢買東西，與憑著支票向銀行取款，化妝還用不著那水磨工夫，在十來分鐘之後，她已化妝完畢，換了那件舊花呢綢夾袍，肋下夾了手皮包，就匆匆的走上街去。可是只走了二三十爿店面，就頂頭遇到了丈夫，所幸他走的是馬路那邊，正隔著一條大街。她見前面正是候汽車的乘客長蛇陣，她低頭快走幾步，就掩藏在長蛇陣的後面了。

第十三回　謙恭下士

魏端本在馬路那邊走著，他卻是早看到了他太太了，但是他沒有那個勇氣，敢在馬路上將太太攔住。遙見太太在人縫裡一鑽，就沒有了，這就心房裡連連地跳了幾下。自己站在人家店鋪屋簷下，出了一會神，最後，他說了句自寬自解的話：「隨她去。」說完了這句話之後，也就悄悄地走回家去。楊嫂帶著兩個孩子出去買吃的，這時還沒有回來，魏端本由前屋轉到後屋，每間房子的屋門，都是洞開著的，魏先生站在臥室中間，手扶了桌子沿，向屋子周圍上下看了一遍。因又自言自語的道：「這成個什麼人家？若是這個樣子，就算每日有二十萬元的支票拿到手，那有什麼用？相反的這個不成樣子的家，那是毀得更快了。」

他說話的時候，楊嫂伸進頭來，向屋子裡張望了一下，見屋子裡就是主人一個，不由得笑了。魏端本道：「你笑什麼？」楊嫂左右手牽著兩個孩子，走將進來，笑道：「我聽到先生說話，我以為屋子裡有客，沒有敢進來。」魏端本道：「唉！我一肚子苦水，對哪個說？」楊嫂看到先生靠了桌子站定，把頭垂下來，兩隻手不住在口袋裡掏摸著。他掏摸出一隻空的紙菸盒子，看了一看，無精打采地向地面上一丟。楊嫂看到主人這樣子，倒給予他一個很大的同情。便道：「先生要不要買香菸？」魏端本兩手插在褲子袋裡搖了兩搖頭。楊嫂道：「你在家裡還有啥子事，要上班了吧？」

魏端本低了頭，細想了幾分鐘，這就問她道：「你知太太昨天在哪裡賭錢？」楊嫂道：「我不曉得。太太昨天出去賭錢？我沒有聽到說。」她說著這話時，臉上帶了幾分笑容。魏端本道：「我並不是干涉你太太賭錢，而且我也干涉不了。我所要問的，你太太身上很有錢，她和誰合夥作生意，賺了這麼些個錢呢？」楊嫂笑道：「太太同人合夥作生意？沒聽到說過咯。」魏端本道：「她這樣一早就出去，沒有告訴你是到銀行裡去嗎？」楊嫂道：「她說是買啥子傢俬去了。她一下子就會轉來，你不用問，還是去上班吧，公事要緊。」魏端本站著出了一會神，嘆了一口氣道：「我實在也管不了許多，往後再說吧，不錯，公事要緊，上班去。」說著戴著帽子，夾起皮包，就向外面走。

他走出房門以外，卻聽到小渝兒叫了聲爸爸。這句爸爸，本來也很平常，可是在這時聽到，覺得這兩個字特別刺耳動心，這就回轉身來，走進屋子問道：「孩子，有什麼話，爸爸要辦公去了。」小渝兒穿了一套灰布衣褲，罩著一件小紅毛繩背心。原是紅色的毛繩，可是灰塵、油漬、糖疤、鼻涕、口水，在毛繩上互相渲染著，說不出來是一種什麼顏色了。他那圓圓的小臉上，左右橫拖了幾道髒痕。圓頭頂上，直起一撮焦黃的頭髮。他原是傍了楊嫂站著。看到父親特意進來相問，他挨挨蹭蹭地向她身後躲，將一個小食指，送到嘴裡咬著。他只在麻虎子臉上轉動了一雙小眼珠，卻答覆不出什麼話來。

魏先生點點頭道：「我知道，你想吃糖，我下班回來，給你帶著。」小娟娟牽著楊嫂的手，也是慢吞吞地向後退，還是那樣，一件工人裙子，外面還是罩著一件夾袍子，鈕扣是七顛八倒，衣服歪扯在身上。聽到父親說下班可以帶糖回來吃，這就轉動了兩隻小眼珠子，只管向父親望著。

魏先生道：「那沒有問題，我一定帶回來，你在家裡好好地跟著楊嫂玩。」娟娟道：「媽媽呢？」她問這話時，兩隻小眼注視了父親，作一個深切的盼望。魏先生心裡，本就把太太行蹤問題，高高地懸在心上，經娟娟這麼一問，心裡立刻跳上了兩跳。眼睛也有了兩行眼淚，要由眼角上搶著流出來。但是他不願孩子看到這情形，立刻扭轉身走了。他心裡想著：只當是自己沒有再結婚，也就沒有這兩個孩子，放開兩隻腳，趕快地就走向機關裡去。

他們這機關，在新市區的曠野地方，馬路繞著半邊山坡，前後只有幾棵零落的樹，並無人家，老遠的看到上司劉科長垂了頭兩手插在褲岔袋裡，肋下夾著那個扁扁的大皮包，無精打采地走著。魏端本看到，這就連連地大聲叫著科長。劉科長聽了這種狂叫，也就站住腳，回頭向這裡看來。他見是魏科員追了來，索性回轉身來迎了他走近幾步，點著頭道：「我正想找著你商量呢。在這裡遇著了你，那是更好，我們可以走著慢慢地談。」

魏端本走到了面前，笑道：「這倒是不謀而合。我今天早上，就到府上去找科長的，因為科長不在家，撲了一個空。科長倒是有事要和我說，那就好極了。」劉科長伸手扯了他的衣袖將他扯到路邊停住，然後對他周身上下看望了一眼，因微笑道：「你有什麼事要找我，我很明白。可是你也太不知道實際情形了。我們作的那黃金儲蓄，不但兌不到現，發不到財，且……」說到這裡，他在身前身後看望了幾下，然後向他低聲笑道：「我們犯了法了，你知道嗎？」

魏端本笑道：「這個我知道，罪名是假公濟私。當我們動了這個念頭的時候，我們就犯了這個嫌疑了。」劉科長連連地搖頭道：「你說到這一點，未免太把事情看輕了。現在政府因新聞界的攻擊，要調查洩漏黃金價格的人。同時，也要清查第一天拿錢去買黃金的人。」魏端本道：「那也沒有什麼了不得，拚了我們把那定單犧牲掉了也就是了。」劉科長搖搖頭道：「事情不能那樣簡單，就算我們把定單犧牲了，這現款幾百萬，已經送到銀行裡去了，也沒有法子抽回。挪移的這批錢，我們怎麼向公家去填補呢？」

魏端本道：「難道我們這件事已經發作了？」劉科長道：「假如我們彌縫得快，事情是沒有人知道。大家算作了個發財的夢，那是千幸萬幸。再遲幾天，財政部實行到銀行裡去查帳，那就躲避不了。」魏端本躊躇著望了他道：「事情有這樣的嚴重？」劉科長微笑道：「難道你也不看看報。你不要痴心妄想，還打算弄一筆錢，就怕像四川人的話，脫不到手。你一大早去找我，就是要聽好消息嗎？準備吃官司吧，老弟。」說著，他打了一個哈哈。他交代完了，立刻就順了路向前走著。

魏端本要追著向下問，無奈劉科長是一語不發，低了頭放寬了步子走著。他一顆火熱的心，讓冷水澆過了，呆呆地出了一會神，也就只好順了路向前走著。可是到了機關裡，越是感到情形不妙，見到熟同事，和人家點個頭向人笑著，人家雖也勉強地回著一笑，可是那兩隻眼睛裡的視線，已不免在身上掃射了一遍。見到了不相識的同事，自照往例，交叉過去。然而人家卻和往日不同，有的突然地站住，向頭上看到腳上，有的走過去了，卻和同行的人竊竊私議，若是回頭看他一下，準和人家的眼光碰住。這倒不由得白吃一驚，心想：難道我身上出了什麼問題嗎？他越是心裡不安，越看到人家的目光射到身上，全像繡針扎入似的。

他心裡怦怦地跳著，趕快就跑進辦公室裡去。他的辦公室，也是國難式的房子，靠了山崗，建築了一排薄瓦蓋頂，竹片夾壁的平房。屋子裡面，正也和其他重慶靠崖的房子一樣，半段在崖上挖出的平地，鋪的是三合土。在懸崖上支起來的，是半邊吊樓。魏先生這辦公室裡，有七八張三屜或五屜桌子，每座有人。他的這張桌子，是安放在靠窗戶的樓板上的。由室門進去，破皮鞋踏著三合土，啪達有聲，已是很多人注意。及至走上了樓板的那一段，踏腳下去咯吱咯吱作響。他想著：這是特別地會驚動人的，就大跨著步子，輕輕地放下。樓板自然是不大響了，可是這走路的樣子，很是難看。在他的身後，立刻發生了一片嘻嘻的笑聲。

魏端本雖然越發的感到受窘，可是他極力地將神志安定著，慢慢地坐了下去。又很從容地打開抽屜來，撿出幾件公事，在桌上翻看著。戰時機關的工作，雖然比平時機關的工作情緒不同，但其實只有錄事小科員之流，是沒有閒暇的。那些比較高級的公務員，就沒有什麼了不得的事，除了輪流地看報，也隔了桌子互相談話。

魏端本的常識，在這間屋子裡同人之中，是考第一的，所以談起話來，總有他的一份。今天他卻守著緘默。在他椅子後面，兩個公務員，正是桌子對桌子的坐著。他們在輕輕地談著：「黃金官價升高到三萬五，黑市絕不後人，已經打破了六萬的大關，眼見就要靠近七萬，成了官價的對倍，追的比走的還快，買著黃金儲蓄的人，真是發了財。可是，也許吃不了，兜著走。」說著，嗤嗤笑了一聲。

魏端本聽了這笑聲，彷彿就在耳朵眼裡扎上了一針。他不敢回頭望著，耳朵根上就像火燒了似的，一陣熱潮，自脊梁上烘托出來。隨了這熱潮，那汁水覺得由每個毫毛孔裡湧了出來。兩隻眼睛雖然對著每件公事，可是公事上寫的什麼字，他並沒有看到。自己下了極大的決心，聚精會神，將公事上的字句仔細看著，算是每句的文字都看得懂了，可是上下文的意義卻無法通串起來。心裡也就奇怪著：怎麼回事，今天的這顆心，總不能安定下去。

正自納悶著，一個聽差卻悄悄地走到身邊來，輕聲地報告著道：「司長請魏先生去有話說。」魏端本答應著站起來，向全屋子掃了一眼，立刻看到各位同事的眼光，都向他身上直射了來。心想：不要看他們，越看他們越有事。於是將臉色正定了一下，將中山服又牽著衣襟扯了幾扯。就跟著聽差，一同走向司長室裡來。

這位司長的位置，自不同於科長，他在國難房子以外的小洋樓下，獨占了一間屋子，寫字臺邊，放了一張籐製圍椅，他口銜了一支紙菸，昂起頭來，靠在椅子背上，眼望了那紙菸頭上的青煙繞著圈子向半空裡緩緩的上升，只是出神。魏端本走進屋子來，向司長點了個頭，司長像沒有看到似的，還是在望著紙菸頭上冒的煙。他總站有四五分鐘，那司長才低下頭來看到了他，就笑著站了起來，接著又搖搖頭道：「我有點精神恍惚，你在我面前站著很久，我知道你來了，可是我要和你說話，卻是知覺恢復不過來。」說到這裡，他將手向魏端本身後指了一指。

他看時，乃是房門不曾關上，還留著一條縫呢。他於是反手將房門掩上。司長看到房門掩合了縫，又沉著臉色坐了下來，向魏端本點了兩點頭道：「你知道黃金風潮起來了嗎？」他答了兩個字不知。司長望了他一下，因道：「我有一件事要和你商量一下。這次我們儲蓄八十兩金子，雖是說作生意，可是我也是為了大家太苦，在這取不傷廉的情形下，把公家款子挪用一百六十萬，在這個把星期內，我另外想法子，把公家款子調回來，公家的一百六十萬，還他一百六十萬，對公家絲毫沒有損失。可是我們就賺了一百二十萬了。有這一百二十萬元法幣，我們拿來分分，作兩件衣服穿，豈不甚好？可是我這番好意，完全弄錯了。誰知捉住這個機會，想發橫財者大有人在。有買五六百兩的，有買一二千兩的，弄得風潮太大了，監察院要清查這件事。我現在已想了個法子，在別的地方已借來一百六十萬元，把那款子補齊了。可是這裡面有點問題，我們開給銀行的那張支票，是你我和劉科長三人蓋章共同開出的，這是個麻煩。」說著說著，他抬起手來亂搔了一陣頭髮。

魏端本聽到這裡，知道這黃金夢果然成了一場空。可是聽司長的口氣，後半段還有嚴重問題，便微笑道：「能夠還，還會發生什麼嚴重後果嗎？國家獎勵人民儲蓄黃金，我們順了國家的獎勵政策進行，還有什麼錯誤嗎！」司長淡笑了一笑道：「將來到法庭受審，你和審判官也講的是這一套理論嗎？」魏端本望了他道：「還要到法庭去嗎？」

司長又在衣袋裡取出一支菸捲來，慢慢地擦了火柴，慢慢地將菸卷點著，他吸著噴出一口煙來，笑道：「那很難說。」他說這話時，態度是淡然的，臉色可是沉了下去。魏端本站著呆了一呆，望了司長道：「還要到法庭去受審？這責任完全由魏端本來負嗎？」他說著這話，也把臉色沉了下去。

司長看到他的顏色變了，便也挫下去了半截的官架子，於是離開座位，向前走近了兩步，向他臉上望著，低聲笑道：「魏兄，你不要著急，你首先得明白，我這回作黃金儲蓄，完全是一番好意。至於發生變化，這完全是出乎意料。自然，有什麼責任問題發生，我得挺起肩膀來扛著。不過有一點要求你諒解，我混到了一個司長，也是不容易，我有了辦法，自然老同事都有辦法，無論如何，我得先鞏固我的地位。所以有什麼小問題發生，不需要我出馬的話，我就不出馬。我懇切的說兩句，希望你和我合作，我心裡十分明白，絕不能讓你吃虧。我總得有福同享，有禍同當。」

魏端本見司長雖表示了很和藹的態度，可是說話吞吞吐吐，很有把責任向人身上推來的意味，心裡立刻起了兩個波浪，想著，好哇，買金子賺錢，我只能分小股，若是犯了案的話，責任就讓我小職員來完全負擔。便道：「自然！司長不會讓我吃虧，可是天下事總是這樣，對於下屬無論怎樣客氣，反正不能讓下屬享的權利義務，和自己相提並論。」

司長聽了這話，臉色動了一下，取出口裡的紙菸，向地面上彈了兩彈灰，扛著肩膀，笑了一笑，因道：「好吧，下了班的時候，你可以到我家裡去談談。我也不預備什麼菜，請你和劉科長到我家裡便飯。」魏端本道：「那倒是不敢當的。」司長笑道：「你回去吃飯，不也是要吃。我們一面吃飯，一面談話，也不會耽誤什麼時候。」魏端本怔怔地站了一會。因道：「好，回頭我再去對劉科長商量。」司長又將紙菸送到嘴裡吸了兩口菸，點點頭道：「那也好。現在沒有什麼公事，你去吧。」

魏端本聽了命令轉身向外走著，剛是走出房門，司長又道：「端本，你回來，我還有話和你說。」魏端本應聲回來，司長隨在寫字臺上取過一件公事，交給他道：「你拿著去看看吧。」魏端本接過公事一看，見後面已有司長批著「擬如擬」三個行書字，分明已是看過了的文字，這應該上呈部次長，不會發回給科長，怎麼交到自己手上來呢？但他立刻也明白了，那是免得空手走回公事房去引起同事的注意。於是向司長作了個會心的微笑，點個頭拿著公事就走了。

走進公事房，故意將公事捧得高高的，眼光射在公事上，放了沉重而迂緩的步子走向公事桌去。好像這件司長交下的公事很重要的，全副精神都注射在上面。明知道全屋子同事的眼光都已籠罩在自己身上，只當是不知道，緩緩地走到座位上去，將公事放在面前，兩隻眼睛，全都射在公事的文字上。

約莫是呆呆坐了兩小時，劉科長就站在辦公室門口，向裡面招了兩招手。魏端本立刻起身迎上前去，劉科長大聲道：「我們那件公事，須一同去見次長。你把那件公事帶著吧。」魏端本心想：哪有什麼公事要去同見次長？隨便就把桌上司長交下的那公事帶著。隨了劉科長同走出屋子來。劉科長並不躊躇，帶了魏先生徑直地就向機關大門外走。

魏先生看看後面，並沒有人，就搶著走向前兩步，低聲問道：「司長約我們吃午飯，我們去嗎？」劉科長道：「我們當然去。老實一句話，我們的前途，還是依仗了他，眼看全盤勝利就要到來。將來回到了南京，政府要慰勉司長八年抗戰的功勛，不給他個獨立機關，也要給他一個次長做做。他若有了辦法了，能把我們忘了嗎？我們大家在轟炸之下，跟著吃苦，總算熬了出來了。一百步走了九十多步，難道最後幾步，我們還能夠犧牲嗎？無論如何，現在他遇到了難關，我們應當去幫他一個大忙。」

魏端本道：「你說的幫忙，是指著這回作黃金儲蓄失敗了。讓我們去頂這個官司來打嗎？」劉科長沉默地走了一截路。魏端本緩緩地跟著後面走，也沒說什麼，只是輕輕地咳嗽了兩聲。劉科長在前面走著，不時地回頭向他看了來。魏端本雖看到他臉上有無限的企求的意思，但他只裝作不知道，還是默然地跟了劉科長走。

司長的公館，去機關不遠，是一幢被炸毀補修著半部分的洋樓，他家住在半面朝街的樓上。那樓窗正是向外敞開著，伸出半截人身來。劉科長站定，老遠地就向樓窗上深深地點了個頭。並回頭向魏端本道：「司長等著我們呢。」魏端本口裡哼著，那個哦字卻沒有說出來。

事有出於意料的，司長是非常地客氣，已走出大門，放出滿面的笑容，迎上前來。劉魏二人走向前，他伸著手次第地握過，笑道：「你二位大概好久沒有到過我這裡來過吧？」魏端本道：「不，上個星期，我還到公館裡來過的。」

司長道：「哦是的。什麼公館？也不過聊高一籌的難民區。你看這個花圃……」說著，他站在那倒了半邊磚牆，用木板支的門樓框下，用手向裡面一指。那花圃裡面的草地，長些長長短短的亂草，也有幾盆花，胡亂擺在草地上，有一半草將盆子遮掩了。倒是破桌子凳子，和舊竹蓆，在院子裡亂七八糟的放著，占了大半邊地方。司長站在樓廊下，又向兩人笑道：「這屋子原來也應該是富貴人家的住宅，不過毀壞之後，樓上下又住了六七家，這也和大雜院差不多，現在當一個司長和戰前當一個司長，那是大大的不同了。」說著就閃在一邊，伸手向樓上指著，讓客人上樓。

魏端本站在路口樓梯邊，向主人點了兩點頭。司長也點著頭道：「這倒無須客氣，你們究竟是客，劉科長引路罷。」劉先生倒是能和司長合拍，先就在前面引路。司長家裡，其實倒是還有些排場，對著樓梯，還有一個客廳，敞著門等客呢。裡面也有一套仿沙發的籐製椅子，圍了小茶桌。那上面除了擺著茶菸而外，還有兩個玻璃碟子，擺著糖果和花生仁。司長很客氣的向二人點著頭。笑道：「請坐請坐！」說著，將紙菸盒子拿起來，首先向魏端本敬著一支菸，然後取過火柴盒子，擦了一支火柴，向魏端本面前送著。

魏先生向司長回公事，向來是立正式的，就是到司長公館裡來接拾事情，也是司長架腿坐著吸紙菸，自己站著回話，自己雖然把眼光向司長看著，司長卻是眼睛半朝了天，不對人望著。今天司長這樣謙恭下士，那更是出人意料。心裡一動，情不自禁地，就挺立著低聲答道：「司長有什麼命令，我自然唯力以赴。司長提拔我的地方就多了。」司長聽了這話，聳著肩膀笑了一笑。他那內心，自是說你完全入套了。

第十四回　忍耐心情

魏端本在司長背後，那是很不滿意他的，尤其是這次作黃金儲蓄，他竟要分三分之二的利益，心裡頭是十分不高興。可是在司長當面，不知什麼原故，銳氣就挫下去了一半。這時是那樣的客氣，他把氣挫下去之後，索性軟化了，就把司長要說的話先說了。司長笑著向他點了個頭道：「我們究竟是老同事，有什麼問題，總可以商量。倒茶來。」說著話，突然回過頭去向門外吩咐著。

他們家的漂亮女僕，穿著陰丹士林的大褂，長黑的頭髮，用雙股兒頭繩，圈著額頂，紮了個腦箍，在左邊髮角上，還挽了個小蝴蝶結兒呢。她手上將個搪瓷茶盤，托著三個玻璃杯子進來。這杯子裡飄著大片兒的茶葉，這正是大重慶最名貴的茶葉安徽六安瓜片。她將三杯茶放在小茶桌上，分敬著賓客。司長讓著兩位屬員坐下。算是二人守著分寸，讓正面的椅子給司長坐了。他笑道：「這茶很好，還是過年的時候，朋友送我的，我沒有捨得喝掉。來，喝這杯茶，我們就吃飯。」說著，他就端起茶杯子向客人舉了一舉。舉著杯子的時候，臉上笑嘻嘻的，臉色那分兒好看，可以說自和司長共事以來，所沒有的現象，也就隨著談笑，喝完了那杯茶。

喝完之後，就由司長引到隔壁屋子裡去吃飯。這屋子是司長的書房，除了寫字臺，還有一張小方桌。這桌上已陳設下了四碗菜，三方擺了三副杯筷。只看那菜是紅燒雞，乾燒鯽魚，紅燉牛肉，青菜燒獅子頭，這既可解饞，又是下江口味，早就嚥下了兩批口水。

司長站在桌子邊，且不坐下，向二客問道：「喝點什麼酒？我家裡有點兒茅臺，來一杯，好嗎？」劉科長笑著一點頭：「我們還是免了酒吧。下午還要辦公呢。」司長笑道：「我知道魏兄是能喝兩盅的。不喝白的，就喝點黃的吧。我家裡還有兩瓶，每人三杯吧，有道是三杯通大道。哈哈！」他說著，就拿了三只小茶杯，分放在三方。那位乾淨伶俐的女僕，也就提了一瓶未開封的渝酒進來。

司長讓客人坐下，橫頭相陪。一面斟酒，一面笑道：「黃酒本來是紹興特產，但重慶有幾家酒？仿造得很好，和紹興並無遜色，這就叫做渝酒了。在四川軍人當政的時候，什麼都上稅，而且是找了法子加稅，有一位四川經濟學大家，現在是次長了。他腦筋一轉，用玻璃瓶子裝著賣。徵稅機關，就把來當洋酒徵稅，稅款幾乎超出了酒款的雙倍。這位次長大怒，自寫呈文，向各財政機關控訴。他的名句是『不問瓶之玻不玻，但問酒之洋不洋』。各機關首腦人物看了，哈哈大笑，結果以國產上稅了事。直到於今，這位次長，還不忘記他的得意之筆。這也可見幽默文章，很能發生效力。來，不問酒的黃不黃，但問量之大不大。」說著，舉起杯子來。

魏端本真沒有看到過上司這樣地和藹近人，而且談笑風生。這也就暫時忘了自己的身分，隨著主人談笑。不知不覺之間，就喝過了三四杯酒。還是劉科長帶了三分謹慎性，笑道：「我們不必喝了，司長下午還有事，我們不要太耽誤時間了。」魏端本雖然是吃喝得很適意，可是科長這樣說了，也就不敢貪杯。隨著兩位上司吃過了午飯，又同到客廳裡去。

這時，那漂亮的女僕，又將一把錦壺，提了進來。老遠地就看到壺嘴子裡冒著熱氣，由那氣裡面，嗅到茶的香氣，就知道這又熬了另一種茶來款客了。司長看到，親自動手在旁邊小桌上取過三套茶杯來，放在小桌上。因笑道：「來，這是雲南普洱茶，大家來一杯助助消化。」女僕向杯子裡衝著，果然，有更濃厚的香氣沖人鼻端。司長更是客氣，捧起碟子，先送一杯給魏先生，其次再給劉科長。

魏端本雖覺得司長是越來越謙恭，也無非是想圓滿那場黃金公案。好在他是部長手上的紅人，官官相護，這件事總可彌縫過去，自己無非守口如瓶，竭力隱瞞這件事，也不會有什麼了不起的大事。這麼一想，心裡也寬解了。喝完了這杯普洱茶，劉科長告辭，並向司長道謝。

司長笑道：「這算不了什麼，至多一年，我們可以全數回到南京。那個時候，我們雖不能天天這樣吃一頓，三五天享受這樣一次，那是太沒有問題的，那時，我可以常常作東。」劉科長湊了趣笑道：「那個時候，司長一定是高升了，應酬加多，公事也加多，恐怕沒有工夫和老部下周旋了。」

司長點點頭笑道：「八年的抗戰，政府也許會給我一點酬勞，可是，你們也是一樣呀。難道我升級，你們就不升級？若是你們不升級，單單讓我一個人向上爬，我也一定和你們據理力爭。老實一句話，談到公務員抗戰，越是下級公務員越吃的苦最多。高級公務員，不過責任負得重些而已。若是賞不及上級公務員，失望的人還少，賞不及下級公務員，失望的人就太多了。」劉科長道：「若是政府裡的要人都和司長這樣的想法，那我們當部屬的，還有什麼話說，真是肝腦塗地，死而無怨。」

司長聽了這話，兩眉揚著，嘻嘻地一笑。魏端本聽了這話，心裡想著：劉科長的話，分明是勾引起司長的話，要叫部屬賣力氣，司長大概要開腔了，也就默然地站著，聽是什麼下文。可是司長什麼託付的話也沒說。在他的西服口袋裡，掏出了掛表來看上一看，笑道：「該上班了。」到了辦公室裡，可不必說受了我的招待。同人聽到，他們會說我待遇不公的。」

劉魏二人同答應了是，鞠躬而出，司長還是客氣，下樓直送到門洞子下方才站住，魏端本隨了劉科長走著，心裡可就想著：這事可有點怪了。司長巴巴地請到家裡吃飯，一味地謙遜，一味地許願，這是什麼道理？難道要我自告奮勇？我也在他當面表示了，要我作什麼，我可以效力，可是他只一笑了之，這個作風，倒讓人猜不透。我且不說，大概他是要托劉科長轉告我的，我就聽他的吧。反正要負什麼責任的話，姓劉的也不比姓魏的輕鬆。姓劉的不著急，我姓魏的還著什麼急嗎？他這樣主意拿定了，索性默然地跟著劉科長後面走，可是劉科長似乎對他這個決定，也有所感似的，始終地默然在前引導，並不作聲。

魏端本自懷了一肚子鄭重的心情，回到機關裡辦公室去。他料著同事們對他的眼光，還是注射著的。他除了看著桌上的公事，就是拿一份報看看。恰好這天沒有什麼重要事情發生，他下了班，立刻回家，比平常到家的時候，約莫是提前了兩小時。他那間吃飯而又當書房的小屋子裡，滿地灑著瓜子殼花生皮，還有包糖果的小紙片。楊嫂帶了兩個孩子趴在桌子上，圍了桌面上的糖果花生，吃著笑著。楊嫂自己，也是當仁不讓，手剝著花生，口裡教著小孩子唱川戲。

魏端本伸頭看了一看，笑道：「你們吃得很高興。」楊嫂站起來笑道：「都是太太買回來的。」魏端本道：「太太回來了。」他也不等楊嫂回話，立刻走回自己屋子裡去。但是太太並不在屋子裡，桌上放了許多大小的紙包，床上有幾個紙包透了開來，有三件衣料，花紅葉綠地展開著鋪在床上。

他牽起來抖著看看，全是頂好的絲織品，他反覆地看了幾看，心裡隨著發生問題，心想：這些東西，大概都是那張支票，換來的了。她這張支票，自然不會是借來的，要說是贏來的，也可考慮，什麼樣子的場面，一贏就是二十萬呢？就是贏二十萬，也不會是贏姓范的一個人的，他站著出了一會神，把衣料向床上一拋，隨著嘆了口氣。

楊嫂這時進房來了，問道：「先生，是不是就消夜？」魏端本道：「中飯我吃得太飽，這時我吃不下去，等太太回來，一路吃吧。」楊嫂道：「你不要等她，各人消各人的夜嗎，太太割了肉回來，我已經把菜頭和你燉上湯。還留了一些瘦肉，預備切丁了，炒榨菜末，要得？」她說著話，抬起一隻粗黑胳臂，撐住了門框，半昂了頭向主人望著。

魏端本道：「你今天也高興，對我算是殷勤招待。你希望我怎樣幫助你嗎？可是不幸得很，我作的一批生意，不但沒有成功，而且還惹下了個不小的亂子。」說著，搖了兩搖頭，隨著嘆上一口氣。接著在身上掏出紙菸盒子來，先抽出一支菸來，將菸盒子向桌上一扔，啪的一聲響。楊嫂立刻找著火柴盒子來，擦了一支火柴，走近來和他點菸。

魏先生向她搖搖手，把菸支又放在桌上。楊嫂這雖算碰了主人一個釘子，但是她並不生氣，垂了手站在面前向他笑道：「先生啥子事生悶氣？太太不是打牌去了。」魏端本不大在意的，又把那支紙菸拿起來了。楊嫂的火柴盒子，還在手上呢。這時可又擦了一支火柴送過來。

魏先生也沒有怎樣的留意，將菸支抿在嘴裡，變著腮把菸吸著了。噴出一口煙來，兩指夾了菸支，橫空畫了個圈圈，問道：「她不是去打牌，你怎麼又知道呢？」他說著時，望了她臉上的表情。她抿嘴微笑著，也把眼光望了主人，可沒有說話。

魏端本道：「怎麼你笑而不言？這裡面有什麼問題嗎！」楊嫂道：「有啥子問題喲！我是這樣按（猜也）她咯。」魏端本道：「就算你是這樣的猜吧。你必定也有些根據。你怎麼就猜她不是去賭錢呢？」楊嫂道：「平常去打牌的話，她不會說啥子時候轉來。今天她出去，說是十一點多鐘，一定回來。好像去看戲，又像是去看電影。」

魏端本將手向她揮了兩揮，因道：「好吧，你就去做飯吧。管她呢。」他吸著菸，在屋子裡繞了桌子，背著兩手走。他發現了那五屜桌上，太太化妝的鏡子，還是支架著的，鏡子左邊，一盒胭脂膏敞著蓋，鏡子右邊，扔了個粉撲兒，滿桌面還帶著粉屑呢。最上層那個放化妝品的抽屜，也是露出兩寸寬的縫，露出裡面所陳列的東西亂七八糟。他淡笑著自言自語道地：「看這樣子，恐怕是走得很匆忙，連化妝的善後都沒有辦到呢。」

說著，再看床面前，只有一隻繡花幫子便鞋。再找另一隻便鞋，卻在屋子正中方桌子下。他又笑道：「好！連換鞋子全來不及了。」說著，將桌上那些大小紙包，扒開個窟窿看看，除了還有一件綢衣料而外，絲襪子，細紗汗衫，花綢手絹，蒙頭紗。這些東西，雖不常買，可是照著物價常識判斷，已接近了二十萬元的階段。那麼，就是那張支票上的款子，她已經完全花光了。

他坐在桌子邊，緩緩地看著這些東西，緩緩的計算這些物價，心裡是老大的不願意，可又想不出個什麼辦法來解決這個問題。坐坐走走，又抽兩支紙菸。楊嫂站在房門口笑道：「先生消夜了。消過夜，出去耍一下，不要在家裡悶出病來。」

魏端本也不說什麼，悄悄地跟著她到外面屋子來吃飯。兩個小孩子知道晚飯有肉吃，老早由凳子上爬到桌子沿上，各拿了一雙筷子，在菜頭燉肉的湯碗裡亂撈。滿桌面全是淋漓的汁水。

魏端本站在桌子邊，皺著雙眉，先咳了一聲，兩個小孩子，全是半截身子都伏在桌面上的，聽了這聲咳，兩隻手四只筷子，還都交叉著放在碗裡，各偏了頭轉著兩隻眼珠望了父親。魏端本點點頭道：「你們吃吧，我也不管你們了。」小娟娟看到父親臉上，並無怒色，便由碗裡夾了一塊瘦肉，送到嘴裡去咀嚼。而且向父親表示著好感，因道：「爸爸，你不要買糖了，媽媽買了很多回來了。」

楊嫂正捧了兩碗飯進來，便笑道：「這個娃兒，好記性，她還記得上午先生說買糖回來。改天先生說話要留心喀。」魏端本道：「是的，我上午說了這話才出門的。也罷，有個好母親給他們買糖吃。」說著又嘆了口氣，也不再說什麼，坐下去吃飯。

楊嫂看到主人總是這樣自己抱怨自己，也就很為他同情，就站在桌子角邊，看護著小孩子吃飯。魏端本勉強地吃了一碗飯，將勺子舀了小半碗湯，端著晃蕩了兩下，然後捧著碗把湯喝下去，放下碗來，立刻起身向後面屋子裡去。那五屜桌上還放著一盆冷水呢，乃是太太化妝剩下來的香湯。他就在抽屜角上，把太太掛著的那條溼手巾取過來，彎了腰對著洗臉盆洗過一把冷水臉。

楊嫂走了進來，先縮著脖子一笑，然後向主人道：「先生遇事倒肯馬糊。」魏端本坐在椅子上擦了支火柴點著菸抽。因道：「在抗戰前，我是個作事最認真的人，現在是馬糊得多了。第一是你太太嫁我以後，相當的委屈。因為我家鄉還有一位太太還沒有離婚呢。第二是你太太是相當的漂亮，老實說，像我這樣一個窮公務員，要娶這樣一位漂亮太太，那還是不可能的事。第三，又有這兩個孩子了。一切看在孩子的面上，我就忍耐了吧。不但是對家裡如此，對在公家服務，我也是這樣的。唉！忍耐了吧。」

他說完了這篇解釋的話，就開始將抖亂在床上的幾件綢料，緩緩地折疊好了，依然將紙包著。然後將五屜桌的抽屜，清理出一層，把床上的紙包和桌上的紙包，合併到一處，都送到那清理過的抽屜裡去。床上都理清楚了，也沒個刷床刷子，只好在床欄杆上，取下一件舊短衣，將床單子胡亂撣了一陣，然後展開被縟來就脫衣就寢。

照往例，太太不在家，楊嫂是帶著兩個孩子睡的。可是她於這晚，有個例外，她將睡著了的小渝兒，兩手托著抱了進來，放在主人腳頭，然後站在床面前笑道：「今晚上睡得朗個早？」魏端本道：「我躺在床上休息休息吧。」楊嫂將床欄杆的衣服，一件件地取到手上翻著看看，不知道她是要清理著去洗，還是想拿去補釘，魏先生且看她要做什麼並不作聲。

楊嫂將床欄杆上的舊衣服，都一一翻弄遍了，她手上並沒有拿衣服，依然全都搭在床欄杆上。她又站了兩三分鐘的時候，然後向主人微笑道：「先生，二天你多把一點錢太太用嗎！」魏端本道：「今天說過錢不夠用嗎？她這樣的買東西，那是永遠不夠用的。」楊嫂笑道：「今天她剪衣料，買傢俬，都是你把的錢嗎？」她說著這話，故意走到桌子邊去，斟了一杯涼茶喝，躲開主人的直接視線。

魏端本道：「我沒有給她錢，大概是贏來的吧？贏來的錢，花得最不心痛。」楊嫂道：「恐怕不是贏的吧？」魏先生一個翻身坐起來，睜了眼望著她道：「不是贏來的錢，她哪裡還有大批收入呢？」楊嫂倒並不感到什麼困難，從容地答道：「太太說，她是借來的錢咯。今天才借成二十萬元，那不算啥子，她硬要借到一二百萬，才麼得倒臺，借錢不要利錢嗎？現在沒有大一分，到哪裡也借不到錢，借起二百萬塊錢，一個月把幾十萬塊利錢，省了那份錢，作啥子不好。」

魏端本道：「你太太說了要借這麼多錢，那是什麼意思？」楊嫂笑道：「女人家要錢作啥子？還不是打首飾做衣服？」魏端本道：「就算你說的是對吧。這個星期以來，你太太是新衣服有了，金鐲子也有了，以一個摩登少婦的出門標準裝飾而論，至多是差一個新皮包和一雙新皮鞋，就是這兩樣東西，要去借錢一二百萬來辦嗎？」楊嫂笑道：「要買的傢俬還多嗎！你不是女人家，朗個曉得女人家的事？」

魏端本坐著呆了一呆，因道：「這就是你勸我多給錢太太去花的理由？」楊嫂笑道：「你有錢把太太花，免得她到外面去借，那不是好得多。」媿端本對於楊嫂這些話，在理解與不理解之間，將放在枕頭旁邊的紙菸與火柴盒，全摸了出來，又點著菸吸。他的紙菸癮原來是很平常的，可是到了今天，一支跟著一支，就是這樣地抽著。楊嫂看到他很沉默地吸著菸，站在床頭邊出了一會神，然後向主人道：「先生，休息吧，不要吃朗個多的菸。」說著，她含了笑走出去了。魏端本吸過一支菸，又跟著吸一支菸，接連地將兩支菸吸過，把菸頭扔在痰盂子裡，火吸著水嗤的一聲。他嘆了口氣，身子向下一溜，在枕頭上仰著躺下了。

在昏沉沉地想著心事的時候不知不覺地睡了過去。耳邊似乎有點響聲，睜眼看時，太太已經回來了。

她悄悄地站在電燈下面，將那抽屜裡的衣料，一件件地取了出來，正懸在胸面前低了頭去看衣料的光彩，同時，並用腳去踢著料子的下端。魏端本看了著，然後閉上眼睛。魏太太似乎還不知道先生醒過來了，她繼續地將衣料在胸面前比著。衣料比完了，又翻著絲襪子花綢手絹，一樣樣地去看。在她的臉上，好幾次泛出了笑容。

魏先生偷眼看著，見那桌上，放著一雙半高跟的玫瑰紫新皮鞋，又放著一隻很大的烏漆皮包，心裡暗暗叫了一聲：「好的，原來所猜，缺少著的兩樣東西，現在都有了。」在他驚異之下，在床上不免有點展動，魏太太看到了，走向床面前來笑道：「你睡著一覺醒了。我帶了一樣新鮮東西回來給你嘗嘗。」說著，在衣服口袋裡摸索一陣，摸出一小盒口香糖來，塞到丈夫手上，笑道：「這是真正的美國貨。」魏端本勉強地笑道：「謝謝，難為你倒還想得起我。」

魏太太站在床面前，向著他看了一看，將上排牙齒，咬了下嘴唇，又把上眼皮撩著，簇起長眼毛來約有三四分鐘沒有說話。魏先生倒是並不介意，把糖紙包打開，抽了一片口香糖，送到嘴裡去咀嚼著。魏太太道：「你這話是什麼意思？」魏先生嚼著糖道：「沒有什麼意思。」魏太太一撒手，掉轉身去道：「你別不知道好歹。我給你留下晚飯吃，又給你孩子買東西吃，我還給你帶了一包好香菸，在口袋裡沒有拿出來呢，先就送你一包口香糖，難道我這還有什麼惡意嗎？」說著，她走回桌子邊去，將買的那些東西，陸續地送到抽屜裡去。

魏先生道：「我這話也不壞呀，我是說你在外面的交際這樣忙，你還忘不了我。」魏太太鼻子裡哼了一聲，冷笑著道：「不錯，我的交際是忙一點。現在社會上，先生本事不行，太太外面交際，想另外打開一條出路，這樣的事很多。這應該作丈夫的人引為榮幸，你難道還不滿嗎？時代不同了，女人有女人的交際自由，你說什麼俏皮話？」

魏端本道：「難道你在外面的行蹤，我絕對不能過問嗎？」說著這話，一掀被子，他可坐起來了。魏太太也坐著桌子邊沉下臉來，將手一拍桌沿道：「你不配過問。你心裡放明白一點。」

魏端本臉色氣得發紫，瞪了眼向她望著，問道：「我怎麼不配過問？太太在外面弄了來歷不明的首飾，來歷不明的支票，作丈夫的還不配過問嗎？」魏太太又將桌子拍了一下道：「你是我什麼丈夫？我們根本沒有結婚。」這句話實在太嚴重了，魏先生不能再忍下去，他一跳下床，這衝突就尖銳化了。

第十五回　破家之始

魏太太對於丈夫這個姿勢，是不能忍受的。也就將桌子一拍，起了個猛烈的反擊，迎向前去，瞪了眼道：「你怎麼樣？你要打我？」魏端本捏了拳頭，咬了牙齒，很想對著她腦袋上打過一拳去。可是他心裡想到，這一拳是不可打過去的，若把這拳打過去了，可能的反響，就是太太出走，眼前站著這樣一個年輕美貌的小姐，固然是捨不得拋棄了，而且太太走了，孩子是不會帶走的，扔下這處處需人攜帶的兩個小孩，又教誰來攜帶呢？在一轉念之下，他的心涼了半截。不但是那個拳頭舉不起來，而且臉上的顏色，也和平了許多。他身子向後退了一步，望了她道：「我要打你？這個樣子，是你要打我呀。」

魏太太將腳一頓道：「你要放明白一點，這樣的結合，這樣的家庭，我早就厭倦了。你對我的行為，有什麼看不順眼嗎？這問題很簡單，不等明天，我今天晚上就走。」魏端本不想心裡所揣想的那句話，人家竟是先說了。因道：「你的氣焰，為什麼這樣高漲？牙齒還有和舌頭相碰的時候，夫妻口角，這也是很尋常的事。你怎麼一提起來，就要談脫離關係？」他說著這話時，已是轉過身去，將枕頭下的紙菸火柴盒拿到手上，繞了桌子，和太太取了一個幾何上的對角位置站住，第一步策略防禦，已是布置齊備，太太已不能動手開打了。

魏太太雖然氣壯，卻不理直，她對先生那個猛撲，乃是神經戰術。當魏先生策略撤退的時候，她已是完全勝利了。這就隔了桌子瞪了眼睛問道:「你已睡了覺的人,特意爬了起來,和我爭吵,這是什麼意思?你有帳和我算,還等不到明日天亮嗎?」

魏先生實在沒有了質問太太的勇氣,心裡跟著一轉念頭,太太向來是在外面賭錢,賭到夜深才回來的。她雖常常是大輸小贏,而例外一次大贏,也沒有什麼稀奇,又何必多疑?這樣想著,原來那一股子怒氣,就冰消瓦解了。因在臉上勉強放出三分笑意道:「你那脾氣,實在教人不能忍受。我在外面回來晚了,你可以再三地盤問,我還得賠笑和你解釋。怎麼你回來晚了,我就不能問呢?」

魏太太脖子一歪,偏著臉道:「你問什麼?明知我是賭錢回來。無論我是輸是贏,只要我不花你的錢,你就不能過問。你要過問,我們就脫離關係。我就是這點嗜好,絕不容別人干涉。」她越說就越是聲音大,臉色也是紅紅的。

魏先生拿了火柴與紙菸在手上,就是這樣拿了,並沒有一次動作,直等太太把這陣威風發過去了,這才擦了火柴,將紙菸點著。坐在那邊一張方凳子上,從容地吸著菸。他把一隻手臂微彎了過去,搭在桌子上,左腿架在右腿上下住的顫動著。他雖燃著了一支菸,他並不吸,他將另一隻手兩個指頭夾了紙菸,只管用食指打著菸支向地面上去彈灰,低了頭,雙目只管注視那顫動著的腳尖,默然不發一語。

魏太太先是站著的,隨後也就在桌子對角下的方凳子上坐著。她的舊手皮包還放在桌上,她打開皮包來,取出一包口香糖,剝了一片,將兩個指頭,鉗著糖片的下端,將糖片的上端,送到嘴唇裡,慢慢地唆著。

她不說話,魏先生也不說話。彼此默然了一陣,魏先生終於是吸菸了,將那支菸抽了兩下,這就向太太道：「你可知道我現時正在一個極大的難關上。」魏太太道：「那活該。」說著沉下了臉色，將頭一偏。魏端本淡笑道：「活該？倘若是我渡不過這難關而坐牢呢？」魏太太道：「你作官貪汙，坐了牢，是你自作自受，那有什麼話說？」

魏端本將手上剩的半截紙菸頭子丟在地下，然後將腳踐踏著，站起來點點頭道：「好！我去坐牢，你另打算吧。」說著，他鑽上床去，牽著被子蓋了。魏太太道：「哼！你坐牢我另作打算。你就不坐牢，我另作打算，大概也沒有什麼人能夠奈何我吧？」魏端本原來是臉朝外的，聽了這話，一個翻身向裡睡著。

魏太太對於他這個態度，並不怎樣介意，自坐在那裡吃口香糖，吃完了兩片口香糖，又在皮包裡取出一盒紙菸來，抽了一支，銜在嘴裡，擦了火柴，慢慢地吸著。把這支紙菸吸完了，冷笑了一聲，然後站起來，自言自語道地：「我怕什麼？哼！」說著，坐在椅子上，兩隻腳互相搓動著，把兩隻皮鞋搓挪得脫下了。光著兩隻襪子在地板上踏著，低了頭在桌子下和床底下探望著，找那兩隻便鞋。好容易把鞋子找著了，兩隻襪底子，全踩得溼黏黏的。她坐在床沿上，把兩隻長統絲襪子倒扒了下來。扒下來之後，隨手一拋，就拋到了魏先生那頭去。

魏先生啊喲了一聲，一個翻身坐了起來，問道：「什麼東西，打在我臉上。」說著，他也隨手將襪子掏在手上看著。正是那襪底上踐踏了一塊黏痰，那黏痰就打在臉上。他皺著眉毛，趕快跳下床來，就去拿溼毛巾擦臉。魏太太坐在床沿上，倒是嘻嘻地笑了。魏先生在這一晚上，只看到太太的怒容，卻不看見太太的笑容。現在太太在紅嘴唇裡，露出了兩排雪白的牙齒，向人透出一番可喜的姿態。望了她道：「侮辱了我，你就向我好笑。」

魏太太笑道：「向你笑還不好嗎？你願意我向你哭？」魏端本道：「好吧，我隨你舞弄吧。」他二次又上床睡了。在魏太太的意思，以為有了這一個可笑的小插曲，丈夫就這樣算了。現在魏先生還是在生氣之中，她也不去再將就，自帶著小渝兒睡了。

她愛睡早覺，那是個習慣，次日魏先生起來時，她正是睡得十分的香甜，她那個舊皮包就扔在桌子角上。魏先生悄悄地將皮包打開來一看，裡面是被大小鈔票，塞得滿滿的。單看裡面的兩疊關金票子，約莫就是三四萬。他立刻想到，太太買的那些衣料和化妝品，已是超過二十萬元。現在皮包裡又有這多的現款，難道還是贏的？正躊躇著對了這皮包出神，太太在床上打了個翻身。心裡想著，反正是不能問，越知道得多了，倒越是一種煩惱，也就轉身走開，自去料理漱口洗臉等事。把衣服整理得清楚了，買了幾個熱燒餅，自泡了一壺沱茶，坐在外面屋子裡吃這頓最簡單的早餐。他是坐著方凳子上，將一隻腳搭在另一張方凳子上的。左手端了茶杯，右手拿了燒餅，喝一口沱茶，啃一口燒餅，卻也其樂陶陶。

忽然一陣沉重的腳步聲，有人很急迫地問道：「魏先生在家嗎？」他聽得出來，這是劉科長的聲音，立刻迎出門來道：「在家裡呢，劉科長。」他一面說著，一面向來賓臉上注意，已經看出他臉色蒼白，手裡拿了帽子，而那身草綠色的制服，卻是歪斜地披在身上。他怔了一怔道：「有什麼消息嗎？」劉科長兩手一揚，搖了頭道：「完了，完了，屋子裡說話吧。」魏端本的心房，立刻亂跳著一陣，引了客進屋子。

劉科長回頭看了看門外，兩手捧著呢帽子撅了幾下，低聲道：「我想不到事情演變得這樣嚴重。司長是被撤職查辦了。」魏端本道：「那麼，我我我們呢？」劉科長道：「給我一支菸吧，我不曉得有什麼結果？」說著，伸出手來，向主人要菸。

魏端本給了他一支菸，又遞給他一盒火柴。他左手拿帽子，右手拿菸，火柴盒子遞過去了，他卻把原來兩隻手上的東西都放下。左手拿火柴盒，右手拿火柴棍，在盒子邊上擦了一支火柴之後，要向嘴邊去點菸，這才想起來沒有銜著菸呢。他伸手去拿，菸支被帽子蓋著，他本是揭開帽子找菸的，這又拿了帽子在手上當扇子搖，不吸菸了。魏端本道：「科長，你鎮定一點，坐下來，我們慢慢地談。」

劉科長這才坐下，因苦笑了一笑道：「老魏，我們逃走吧。我們今天若是去辦公，就休想回來了，立刻要被看管，而看管之後，是一個什麼結果，現時還無從揣測，說不定我們就有性命之憂。」魏端本道：「逃走？我走得了，我的太太和孩子怎麼走得了？劉科長，你也有太太，雖然沒有孩子，可是你把太太丟下了，難道看管我們的人，找不著我們，還找不著我們的太太嗎？」

劉科長這才把桌上的那支菸拿起銜在嘴裡，擦了一支火柴，將菸點上。他兩個指頭夾紙菸，低著頭慢慢地吸菸，另一隻手伸出五個指頭，在桌沿上輪流地敲打著。

魏端本道：「劉科長，這件事我糊裡糊塗，不大明白呀。」劉科長道：「不但你不大明白，我也不大明白。司長和銀行裡打電話接好了頭，就開了一張單子，是黃金儲戶的戶頭，另外就是那兩張支票了。我一齊交到銀行裡去，人家給了一張法幣一百六十萬元，儲蓄黃金八十兩的收據，並無其他交涉。我又知道這裡是些什麼關節呢？」

魏端本道：「司長在銀行裡作來往，無論是公是私，我跑的不是一次。這次讓科長去，不讓我去，我以為科長很知道內情呢？」他吸著菸噴出一口來，先擺了兩擺頭，然後又嘆口氣道：「我也冤得很囉。我是財迷心竅，以為這樣辦理黃金儲蓄，除了早得消息，撿點便宜，並不犯法。這日到銀行去，是下午三點三刻，銀行並沒有下班，我找著業務主任，把支票和單子交給他。他帶了三分的笑意，點了頭說：『和司長已經透過電話了，照辦照辦。』我是和他在小客廳裡見面的，那裡另外還有兩批客在座，我心裡懷著鬼胎，自也不便多問。那業務主任一會兒取了一張收據來交給我，又對我笑著握了兩握手。那個時候，銀行已下班，大門關著，我由銀行側門走出來的。我在機關裡，不敢把收據露出來，直送到司長公館裡去。司長見了收據笑逐顏開，向我點著頭，低聲說，『這件事辦得神不知鬼不覺。只要三天之後，黃金儲蓄定單到手立刻將它賣了，補還了公家那筆款子，大家鬧一套西服穿吧』。我所知道的，我所聽到的就是這些。前昨兩天，同事們忽然議論紛紛起來，說是有人挪用了公款買黃金，我料著不會是說我們，只裝不知。可是我們這位司長大人沉不住氣，首先就慌亂起來。我看那意思，恐怕已是碰了上峰兩個大釘子了。昨天他請我們吃飯，你不是很想知道有什麼意思嗎？老實說，我也是丈二和尚，摸不著頭腦。到了昨天晚上，我才聽到人說，我們在銀行裡做的這八十兩黃金，已經讓上峰知道了。他為了卸除責任起見，不等人家檢舉，要自己動手。我聽了這個消息，一夜都沒有睡著，起了個大早，就到司長公館裡去。我以為他未必起來了，哪知道他蓬著一頭頭髮穿了身短褲褂，踏了雙拖鞋，倒背著兩手，在樓下空地裡踱來踱去，手裡還夾著大半支紙菸呢。我一見就知道這事不妙。站著問了聲司長早。他沉著臉道：『什麼司長，我全完了，撤職查辦了。事到於今，我想你和魏端本分擔一點關係的希望，已經沒有了。你們自為之計吧。』我聽了這話，不但是掉在冷水盆裡，同時我也感覺到毫無計劃。讓我自為之計，我怎麼自為之計呢？我呆了，說不出話來，只是站著望了他。他立刻又更正了他的話。走近兩步，站在我面前，向我低聲說：『假如你和魏端本能給我擔當一下，說是並沒有徵求司長的同意，你們擅自辦理的，那我就輕鬆得多了。』」

魏端本立刻接著道：「我們擅自辦理的？支票上我們三個人的印鑑，是哪裡來的？那好，我們除了挪用公款，還有假造文書，盜竊關防的兩行大罪，好！那簡直讓我們去挨槍斃。」劉科長道：「你不用急，當然我同樣地想到了這層，我也和他說了。他最後給我們兩條路讓我們自擇：一條路是逃跑。一條路是我們打官司的時候，總要多幫他一點忙。我也是毫無主意，特意來找你商量商量。」

魏端本聽說，只是坐著吸紙菸，還不曾想到一個對策，卻聽到外面冷酒鋪裡的人答道：「那吊樓上住的，就是魏家，你去找他嗎！」魏先生走到房門口伸頭向外看去，卻來了三個人。一個是穿中山服的，相當面熟，兩個是穿司法警察黑制服的，料著也躲避不了。便道：「我叫魏端本。有什麼事找我嗎？」

那個穿中山服的，揭起頭上的帽子，向他點了個頭笑道：「魏先生這可是不幸的事情。我奉命而來，請你原諒。我們是同事，我在第四科。」說著，他就走進屋子來了。他又接著叫了一聲道：「劉科長也在這裡。我們也正要請你同走。」劉科長站起來，嘴唇皮有些抖顫，望了三人道：「這樣快？法院裡就來傳我們了。有傳票嗎？」一個司法警察，在身上掏出兩張傳票，向劉魏二人各遞過一張。

劉科長看了一看，點頭道：「也好，快刀殺人，死也無怨。老魏，走吧，還有什麼話說。」魏端本道：「走就走，不過我要揣點零用錢在身上。同時，我也得向太太去告辭一下，怎知道能回來不能回來呢？」說著就向隔壁臥室裡走去。他猜著太太是位喜歡睡早覺的人，這時一定沒有起來，可是走進屋子的時候，卻大為失望，原來床上只有一床抖亂著的被子，連大人帶小孩全不見了。

他站在屋子裡連叫了兩聲楊嫂，楊嫂卻在前面冷酒店裡答應著進來，在房門外伸著頭向裡張望了一下。笑著問道：「啥子事？」魏端本道：「太太呢？」楊嫂笑道：「太太出去了。」魏端本道：「好快，我起來的時候，她還沒有醒，等我起來。她又不知道到哪裡去了。」楊嫂道：「沒有到啥子地方去，拿著衣料找裁縫裁衣服去了。」魏端本道：「裁好了衣服就會回來嗎？」楊嫂搖搖頭道：「說不定。有啥子事對我說嗎？」魏端本道：「一大早起來，她會到哪裡去？奇怪！」楊嫂笑道：「你怕她不會上館子吃早點？」

魏端本嘆口氣道：「事情演變到這樣子，我就是和她告辭，大概也得不著她的同情的。好吧，我就對你說吧。楊嫂，我告訴你，我吃官司了。外面屋子兩名警察，是法院裡派來的。雖然是傳票，也許就不放我回來，兩個孩子，托你多多照管。孩子呢？帶來讓我見見。」楊嫂望了他道：「真話？」他道：「我發了瘋，把這種話來嚇你。你只告訴太太是買金子的事，她就明白了。你把孩子帶來吧。」楊嫂看他臉色紅中帶著灰色，眼神起麻木了，料著不是假話，立刻在廚房裡將兩個孩子找了來。

魏端本蹲在地上，兩手摟著兩個孩子的腰，也顧不得孩子臉上的鼻涕口水髒漬，輪次地在孩子臉上接了兩個吻。他站了起來，摸著小渝兒的頭道：「在家裡好好的跟楊嫂過，不要鬧，等你爸爸回來。」說畢，又抱拳向楊嫂拱了兩拱手道：「諸事拜託，你就當這兩個孩子是你自己的兒女吧。」說畢，一掉頭就走到外面屋子裡去了。

楊嫂始終不明白這是怎麼一件事，只有呆站在屋子裡看著。見魏端本並沒有停留，肋下夾住那個常用皮包，同劉科長隨同來的三個人，魚貫地走了。她料著主人一定是出了事。可是大小是個官，比鄉下保甲長大得多。從來只看到保甲長抓人，哪裡看到過保甲長反被人抓的呢？難道作官的人，也會讓法院裡抓了去嗎？她這樣地納悶想著，倒是在屋子裡沒有出去。雖然主人吃官司與自己無關，主人沒有面子，傭工的自然也不大體面。因之可能避免冷酒店夥友視線的話，就偏了頭過去，免得人家問話。

她心裡擱著這個啞謎，料著太太回來了，一定知道這是什麼案子發作了的。可是事情奇怪得很，太太拿著衣料去，找裁縫以後，一直就沒有回來過。去吃官司的主人，直到電燈發亮，也並無消息，太太對於這個家，根本沒有在念中，先生吃官司，太太未必知道，也許在打牌，也許在看電影，當然，還在高興頭上呢。這麼一想，她很覺是不舒服。不是帶著兩個孩子在家裡發悶，就帶了兩個孩子到冷酒店屋簷下去望一下。這樣來回地奔走著，到了孩子爭吵著要吃晚飯了，她才輕輕地拍著小渝兒肩膀道：「你小娃兒曉得啥子？老子打官司去了，娘又賭又耍，昏天黑地，我都看得不過意，硬是作孽！」

她是在屋下站了，這樣嘰咕著的。正好隔壁陶伯笙口銜了一支菸卷，也背了手望街。不經意地聽到她的言語，便插嘴問道：「打官司，誰打官司？」楊嫂道：「朗個的？陶先生，還不曉得？今天一大早，來了丙個警察兵，還有一個官長，把我們先生帶走了，到現在，硬是沒有一點消息。太太也是一早出去，曉得啥子事忙啊，沒有回來打個照面。」

陶伯笙走近了一步，望了她問道：「你怎麼扣道是打官司？」楊嫂道：「先生親自對我說的，還叫我好好照應這兩個娃兒。我看那樣子，恨不得都要哭出來喀。」

陶伯笙道：「你可知道這事的詳細情形？」楊嫂搖搖頭道：「說不上。不過，我看他那個情形，好像是很難過咯。陶先生，你和我打聽打聽嗎，我都替我們先生著急咯。」陶伯笙看看她那情形，料著句句是真的，就隨同著楊嫂一路到屋子裡去查看了一遍，前前後後，又問了些話，還是摸不著頭緒，便走回家去，問自己太太。陶太太回答著，三天沒有看到他夫妻兩個了。陶伯笙更是得不著一點消息，倒不免坐在屋子裡吸上一支菸，替魏端本夫妻設想了一番。

約莫是二十分鐘後，李步祥笑嘻嘻地走進屋子來，手裡拿了呢帽子當扇子搖，因道：「老陶，金子，今日的金價破了七萬大關了。」陶伯笙道：「破七萬大關？破十萬大關，你我還不是白瞪眼。」李步祥坐在對面椅子上望了他的臉，問道：「你有什麼心事？在這裡呆想？」陶伯笙道：「不相干，我想隔壁魏家的事。」

李步祥走近，將頭伸過來，把手掩了半邊嘴，向陶伯笙低聲道：「喂！老陶，這件事有些不妙。我看隔壁這位，總是和老范在一處，不是在他寫字間裡談天，就是在館子裡吃飯，我碰到好幾回了。剛才我在電影院門口經過，看到他們挽了手膀子由裡面出來。」陶伯笙嘆了口氣搖搖頭道：「讓男子們傷心。」

李步祥道：「都怪那位男的不好，女人成天成夜在外面賭錢，為什麼也不管管呢？」他說著，回頭向外面看看，笑道：「那位女的，長得也太美了，當窮公務員的人怎能夠不寵愛一點？」陶伯笙道：「我還不為的是這個嘆氣呢。」因把魏端本吃官司的消息，說了一遍。

李步祥道：「既然如此，大家都是朋友，去給魏太太報個信吧。」陶伯笙道：「到哪裡去報信？若是在老范那裡的話，我們根本就不便去。」李步祥道：「我看到他們由電影院出來，走向斜對門一家廣東館子裡去了，馬上就去，一頓飯大概還沒有吃完。」

陶太太在門外就插言道：「伯笙，你假裝了去吃小館子，碰碰他們看吧。我剛才到魏家去了一次，那個小渝兒有點發燒，已經睡下了。魏太太實在也當回來看看。我們作鄰居的，在這時候，怎能夠坐視呢？」陶伯笙想了一想，說聲也是，就約同李步祥一路出門，去找魏太太。

第十六回　勝利之夜

二十分鐘後，陶李二人，走進了一家廣東館子。他們為了避嫌起見，故意裝出一種找座位的樣子，向各方面張望著。范魏二人並不在座，倒是牌友羅太太和兩位女賓，在靠牆的一副座頭上，正在吃喝著。羅太太正是一位廣結廣交的婦人，並不迴避誰人，就在座位上抬起一隻手高過頭頂，向他連連招了幾下。

陶伯笙笑道：「羅太太今天沒有過江去？又留在城裡了。」在他們賭友中說出這種話來，自然話裡有話，羅太太便微笑著點了兩點頭。陶伯笙走近兩步，到了她面前站住，低聲笑問道：「今天晚上是哪裡的局面？」羅太太道：「朱四奶奶那裡請吃消夜，我是不能去。你們的鄰居去了。」陶伯笙唉了一聲道：「她還糊裡糊塗去作樂呢。」羅太太看他臉上的顏色，有點兒變動，而這聲嘆息，又表示著很深的惋惜似的，便道：「你這是什麼意思？」

陶伯笙回頭看了鄰座並沒有熟人，又看羅太太的女友，也沒有熟人，這才低聲道：「魏先生挪用公款，作金子生意，這個案子，已經犯了，今天一大早，就讓法院傳了去，到現在沒有回來。同時，他家裡的小男孩子也病了。羅太太若是見著她的話，最好讓她早點回去。家裡有了這樣不幸的事，她也應當想點辦法。」羅太太道：「剛才我們看見她的，怎麼她一字不提？」陶伯笙道：「大概她還不知道吧？我們是她的老鄰居，在這種緊要關頭，我不能不想法子給她送個信吧？」

羅太太道：「既然這樣我告一次奮勇，和你去跑一趟吧。好在我今天也不回南岸去。」陶伯笙抱著拳頭道：「你多少算行了點好事了。」他看看這座位上全是女客，也無法再站著說下去，就告辭了。羅太太家裡，常常邀頭聚賭，因之多少帶些江湖俠氣和賭友們盡些義務。這時聽了陶伯笙說的消息，和魏太太很表同情，會過飯東，別了三位女賓，在馬路上坐人力車子，下坡換轎子，利用了人家健康的大腿，二十分鐘就趕到了朱四奶奶公館。

老遠的在大門口，就看到洋樓上的玻璃窗戶，電光映得裡外雪亮。她在樓下叫開了門，由朱四奶奶的心腹老媽子引上了樓。隔了小客廳的門，就聽到一陣窸窸窣窣的小響聲。久賭撲克的人，都有這個經驗，這是洗撲克牌和顛動碼子的聲音，那正是在鏖戰中了。朱公館是個男女無界限的交際場合。男賓進來，還有在樓下客廳裡先應酬一番的，至於女賓，根本就不受什麼限制，無論日夜，都可以穿堂入戶。羅太太常來此地，自然更無顧忌，她伸手拉開了小客室的門，見男女七位三女四男，正圍了圓桌子賭唆哈。朱四奶奶並沒有入場，在桌子外圍來往逡巡著，似乎在當招待。她進來了，好幾個人笑著說歡迎歡迎，加人加入。魏太太就是其中的一個。

羅太太看她臉上笑嘻嘻的，似乎又是贏了錢，正在高興頭上呢。看看場面上這些個人，且有男賓，那話當然不便和她說，便站在門口，向她招招手道：「老魏，來！我和你有兩句話說。」魏太太兩手正捧了幾張撲克牌，像把摺扇似的展開，對了臉上排著。聽了這話，眼光由牌上射了過來，對羅太太望著，臉上帶著三分微笑。羅太太點點頭道：「你來，我有話和你說。」魏太太將面前幾個子碼，先向臺中心一丟，說了一聲加二萬元。然後對羅太太道：「看完了這牌我就來。」羅太太知道她又賭在緊要關頭上，不便催她，只好在門邊站了等著。

魏太太看了她那種靜等的樣子，直等這牌輸贏決定，把人家子碼收下了，才離開了座位，迎著羅太太笑道：「你還有什麼特別緊要的事和我商量呢，必定說在你家裡，又定下一個局面。」羅太太攜著她的手，把她拉到外面客廳角落裡，面對面地站了，低聲道：「你是什麼時候離開家裡的？」魏太太道：「我是一早就離開家裡了。你問這話，有什麼意思嗎？」羅太太道：「那就難怪了，你家裡出了一點問題，大概你還不知道吧？」魏太太聽說，將臉色沉下來道：「魏端本管不著我的事。」

她剛是分辯了這句，裡面屋子，就有人叫道：「魏太太，我們散牌了。你還不來入座？」魏太太說聲來了，轉身就要走。羅太太伸手一把將她拉住。連連道地：「你不要走，你不要走，我的話沒有說完呢。」魏太太道：「有什麼話，你快說吧。我的個性是堅強的。」

羅太太笑道：「你說的是具體錯誤，你們先生在今日早上，讓法院傳去，一直到晚上，還沒有回來。你家裡無人作主，你……」魏太太這倒吃了一驚，瞪了眼向她望著道：「你怎麼知道的呢？」羅太太道：「我在飯館子裡吃飯，陶伯笙找著我說的，好像他就是有心找你的。」魏太太立刻問道：「還有其他的人在一路嗎？」羅太太道：「他後面跟著一個胖子，並沒有和我搭話。」魏太太道：「陶伯笙和你說了這事的詳情嗎？」羅太太因把陶伯笙告訴的消息，轉述一遍。

話還不曾說完呢，那邊牌桌上又在叫道：「魏太太，快來吧。有十分鐘了。」魏太太偏著頭叫道：「四奶奶，你和我起一牌吧。我家裡有點事，要和羅太太商量商量。」說畢，依然望了羅太太道：「你看我這事應當怎麼辦？」羅太太道：「這事很簡單，你得放下牌來，回去看看。今天是晚了，你打聽不出什麼所以然來，明天你就一早該向法院裡去問問。你那孩子，也有點不大舒服，你也應當回去看看。兩個主人都不在家，老媽子是會落得偷懶的。」

魏太太聽了這個報告，深深地將眉峰皺著，兩條眉峰，幾乎是湊成了一條線。她手上拿了一方手帕，只管像扭溼手巾似的，不住地擰著，望了羅太太連說了幾聲糟糕。

羅太太道：「你是贏了呢？還是輸了呢？」她道：「輸贏都沒有關係，我大概贏了五六萬元，這太不算什麼，我不要就是了。不過今晚上這個局面，是我發起著要來的。朱四奶奶很賞面子，五方八處打電話把腳色邀請了來的。我若首先打退堂鼓，未免對不住朱四奶奶，而且同桌的朋友，也一定不高興。」

羅太太道：「那麼，我頂替你這一腳吧，天有不測風雲，誰也難免突然發生問題，我可以和大家解釋解釋。」魏太太兩手，還是互相地擰著那條手絹，微仰著臉向人望著。羅太太道：「你不要考慮，事情就是這樣辦，你所贏的錢，轉進我的財下，就算我用了你的現款好了。」魏太太道：「好吧，我去和朱四奶奶商量。」說著，她走回屋子去。

朱四奶奶在她的座位前，正堆了好幾疊子碼，她招招手道：「我給你惹下了個麻煩了，接連兩把，將全桌都殺敗了，我贏了將近三十萬。你自己來吧。我再要打替工，桌上人要提起反抗了。來來來，你看這牌，應當怎麼處理？」魏太太看時，她面前放了四張牌，一暗三明。三張明牌，是一對八，一張K，趕快走到朱四奶奶身後，手按著暗牌，扳起牌頭來，將頭伸進朱四奶奶懷裡，對牌頭上注視著，事情是那樣令人稱心，還是一張八。她故意鎮定了臉色，因淡淡道地：「牌是你取的，還是由你作主吧。」

這時，桌上已有三家還在出錢進牌。最後一家三張明牌，是一對A，一張J，牌面子是非常好看。她絲毫沒有考慮，在碼子下面，取出一張五萬元的支票，向桌心一擲。魏太太早已在別人派斯的牌堆裡掃了一眼，已有一張A存在著。心想，她很少有三個A的可能。縱然是AJ雙對，也不含糊。便笑道：「怎麼樣？四奶奶，花五萬元買一張牌看看吧？」四奶奶自是會意，笑道：「反正你是贏多了，就出五萬元吧。」於是數了五萬元的碼子，放到桌子中心去。

莊家接著散牌，進牌的前兩家都沒有牌，出支票的這家，進了一張八。朱四奶奶進的最後一張，卻又是個K。擺在桌子上的就是K八兩對，這氣派就大了。應該是朱四奶奶說話了，她考慮到出了錢，別家會疑心是釣魚，出多了錢，人家就說是牌太大了，而不肯看牌，她取了個不卑不亢的態度，隨手取了幾個碼子，向桌中心一丟，因道：「就是三萬元吧。」說著回頭對魏太太回頭看了一眼。

那個有對A的人，將自己的暗張握在掌心裡，看了一看，那也是一張A。他看過之後，又看朱四奶奶面前的兩對牌。他將牌放下，在他的西服袋內，摸出了紙菸盒與打火機，取出一支菸，打著了火把菸點著，然後啪的一聲，把盒子蓋著。他這菸盒子是賽銀的，電燈光下照著，反映出一道光射人的眼睛，而且關攏盒子蓋的時候，其聲音相當的清脆。在這聲色並茂的情形下，可想到他態度的堅決。他把菸盒子放在面前，用手拍了兩拍，口角裡銜了那支菸卷，把頭微偏了，把面前堆的兩疊子碼，用手指向外撥著，把兩疊子碼都打倒了，口裡說句唆了！

魏太太望了他微笑道：「陳先生，你唆了是不大合算的。」那位陳先生看著她的面色，也就微微地一笑。魏太太問道：「這是多少，清清數目吧。」朱四奶奶將桌面上的子碼扒開著數了，增加的是七萬元，於是數了七萬元子碼，總共放到桌子中心比著。朱四奶奶笑道：「請你攤開牌來吧。」她說這話時，其餘兩家，不敢相比，都把牌扔了。

那陳先生到了這時，也就無可推諉了，把那張暗A翻了過來，笑道：「三個頂大的草帽子，還不該唆嗎？」朱四奶奶向他撩著眼皮一笑，微微地擺著頭道：「那可不行，我們三個之外，還帶著兩個呢。」說著，把那張暗八翻了過來，向桌子中心一丟。那位陳先生也搖搖頭道：「倒楣倒楣，拿三個愛斯，偏偏的會碰著釘子。可是四奶奶，你又何必呢？」朱四奶奶將子碼全部收到面前，笑道：「不來了，不來了，贏得太多了。」說著話，站了起來，扯著魏太太的手道：「你坐下來吧，我總算是大功告成。」說話時她身子一擠擠了開去，兩手推著，讓魏太太坐了下來。

羅太太原是跟進來的，以為等魏太太把話交代完了，就可以接她的下手，現在見魏太太大贏之下，眉飛色舞，已把前五分鐘得到的家庭慘變消息，丟在九霄雲外了。她站在魏太太對面，離賭桌還有兩三尺路。朱四奶奶是已經離開座位的了，這就搶步走向前來，伸手將她抓住，笑道：「你怎麼回事？這賭桌上有毒蟲咬你嗎？簡直不敢站著靠近。」羅太太道：「並不是我不敢靠近，因為我家裡有點事。」主人不等她說完，立刻接著道：「家裡有事，你就不該來。」她口裡說著，親自搬了一把軟墊的椅子，放在賭客的空當中。還將手拍了兩下椅子。

羅太太望著她這分做作笑了一笑。因道：「你自己不上桌子，倒只管拉了別人來。」朱四奶奶道：「今天不巧得很，我家裡有兩個老媽子請假，樓上樓下，只剩一個老媽子了。我不能不在這屋子裡招待各位。」羅太太看看場面上的賭局是非常的熱鬧，便笑道：「我今天不來，我是和魏太太傳口信的，所以我根本就沒有帶著賭本。」朱四奶奶道：「沒有賭本，要什麼緊，我這裡給你墊上就是。先拿十萬給你，夠不夠？」羅太太道：「我不來吧？看看就行了。」說時，她移著腳步，靠近了賭桌兩尺。朱四奶奶道：「哎呀！不要考慮了，坐下來吧。」說著，兩手推了她，讓她坐下。她也就不知不覺的坐了下來。

恰好是魏太太作莊散牌，她竟不要羅太太說話，挨次的散牌，到了羅太太面前，也就飛過一張明牌來。牌是非常的湊趣，正是一張A。她笑道：「好！開門見喜。」羅太太手接著牌，將右手一個中指，點住了撲克牌的中心，讓牌在桌子中心轉動著。她默然地並未說話，還在微笑，而第二張是暗張，又散過來了。她雖然還沒有決定，是不是賭下去，可是這張暗牌來了，她實在忍不住不看。她將右手三個指頭按住了牌的中心，將食指和拇指，掀起牌的上半截來，低了頭靠住桌沿，眼光平射過去。她心裡不由得暗暗叫了一聲實在是太巧了，又是一張A。打唆哈起手拿了個頂頭大對子，這是贏錢的張本，於是將明張蓋住了暗張，攏著牌靠近了懷裡。

魏太太道：「你拿愛斯的人，先說話呀。」羅太太笑道：「我還沒有籌碼呢。」魏太太便在面前整堆的子碼中，數了十來個送過去，因道：「這是三萬，先開張吧。」羅太太有了好牌，又有了籌碼，她已忘記了家裡有什麼事，今晚上必須渡江回家，至於魏太太的丈夫被法院逮捕去了，這與她無干，自是安心把唆哈打下去。

這晚上，魏太太的牌風甚利，雖有小輸，卻總是大贏。每作一次小結束，總贏個十萬八萬的。因為在場有男客也有女客，賭過了晚上十二點鐘以後，大家既不能散場回家，朱公館又沒有可以下榻的地方，只有繼續地賭了下去。賭到天亮，大家的精神已不能支持，就同意散場。魏太太把帳結束一下，連籌碼帶現款，共贏了四十多萬。朱四奶奶招待著男女來賓，吃過了早點，雇著轎子，分別地送回家去。

魏太太高興地賭了一宿，並沒有想到家裡什麼事情。坐了轎子向回家的路上走著，她才想到丈夫已是被法院裡傳去了，而男孩子又生了病。轉念一想，丈夫和自己的感情，已經是格格不入，而且他又是家裡有原配太太的人，瞻望前途，並不能有一點好的希望。這種丈夫，就是失掉了，又有什麼關係？至於孩子，這正是自己的累贅，假如沒有這兩個孩子，早就和魏端本離開了。自己總還是去爭自己的前途，若惦記著這個窮家，那只有眼看著這黑暗的前途，糊裡糊塗地沉墜下去。管他呢，自己作自己的事，自己尋求自己的快樂。這麼想著，心裡就空洞得多了。

轎子快到家了，她忽然生了一個新意念：這麼一大早，由外面坐了轎子回來，知道的說是賭了一宿回來了。不知道的，卻說整晚在外幹著什麼呢，尤其是自己家裡發生著這樣重大變化的時候。這個念頭她想著了，立刻就叫轎伕把轎子停了下來。她打開皮包，取出了幾張鈔票，給轎伕作酒錢。然後閃到街上店鋪的屋簷下，慢慢兒地走著，像是出來買東西的樣子。

於是走到一家糕餅店裡去，大包小裹，買了十幾樣東西，分兩隻手提著。她那皮包裡面滿盛著支票和鈔票，她卻沒有忘記。將皮包的帶子掛在肩上，把皮包緊緊夾在肋下，她沉靜著臉色，放緩了步子，低了頭走回家去。前面那間屋子，倒是虛掩了門的，料著屋子裡沒人，自己的臥室裡卻聽到楊嫂在罵孩子，她道：「你有娘老子生，沒有娘老子管，還有啥子稀奇，睜開眼就跟我扯皮，我才不招閒咯，曉得你的娘，扮啥子燈囉！」

魏太太聽了這些話，真是句句刺耳。在那門外的甬道裡呆站了一會，聽到楊嫂只是絮絮叨叨地罵下去，若衝進屋子去，一定是彼此要紅著臉衝突起來的，便高聲叫著楊嫂，而且叫著的時候，還是向後倒退了幾步，以表示站著很遠，並沒有聽到她的言語。楊嫂應著聲走了出來，望了她先皺著眉道：「太太，你朗個這時候才走回來？叫人真焦心囉。」

魏太太道：「讓人家拖著不讓走，我真是沒有辦法。」說著，把手上的紙包交給了楊嫂，走進房去。卻看到男小子渝兒靜靜地躺在床上，身上還蓋著一條被子，只露了一截童髮在外面。便問道：「孩子怎麼了？」楊嫂道：「昨天就不舒服了，都沒有消夜，現在好些，困著了，昨晚上燒了一夜咯。」

魏太太將兩手撐在床上，將頭沉下去，靠著孩子的額頭，親了一下。果然，孩子還有點發熱，而且鼻息呼吒有聲，是喘氣很短促的表現。因向楊嫂道：「大概是吃壞了，讓他餓著，好好地睡一天吧。」楊嫂站在一邊，怔怔地看了她的臉色。因道：「小娃兒點把傷風咳嗽倒是不要緊。先生在昨日早上讓警察兵帶到法院裡去了，你曉不曉得？直到現在，還沒有轉來，也應當打聽打聽才好。」

魏太太放下皮包，脫著身上的大衣，一面向衣鉤上掛著，一面很不在意地答道：「我知道了，那有什麼法子呢？」說著，打了個呵欠，因道：「我得好好地先睡一覺。」楊嫂見她的態度，竟是這樣淡，心裡倒不免暗吃一驚，可是她立刻也回味過來了，淡淡一笑。

魏太太正是一回頭看到了。臉色動了一動，因道：「一大早上，法院裡人，恐怕還沒有上班。我稍微睡幾小時，打起精神來，我是應當去看看。」說著，把放在桌上的皮包，打開來，取出一萬元鈔票來，輕輕向桌子角上丟著。因笑道：「拿去吧，拿去買兩雙襪子穿吧。」楊嫂看到千元一張的鈔票，厚厚一疊。這個日子千元一張的鈔票，還是稀少之物，估量著這疊鈔票，就可以買一件陰丹大褂的料子，豈止買兩雙襪子呢？這樣地想明白了，立刻就嘻嘻地笑了。

魏太太道：「拿去吧，笑什麼，難道我還有什麼假意嗎？」楊嫂說聲謝謝，把鈔票在桌子角上摸了過去。笑問道：「太太贏了好多錢？」魏太太眉毛揚了起來，笑道：「昨晚上的確贏得不少，四十萬。魏先生半年的薪水，也沒有這多錢。老實告訴你，我是不靠丈夫也能生活的。」楊嫂想著，你有什麼本事，你不就是賭錢嗎？一個人會賭錢，就可以不靠丈夫生活嗎？然而她還對了太太笑道：「那是當然嗎！你是最能幹的太太嗎！一贏就是四五十萬，硬是要得！」

魏太太笑道：「這話又不對了，難道我一個青年女人，還去靠賭吃飯？不過這是一種交際場上的應酬。在應酬場上，認識許多朋友，我隨便就可以找個適當的工作。」楊嫂笑道：「太太，你也找事做的話，頂好是到銀行裡搞個行員做。在銀行裡作事，硬是發財咯。」

魏太太坐在床沿上，把皮包裡的鈔票，都倒在床上，然後把大發票子分開，一疊疊地清理著。楊嫂看魏太太在清理著勝利品，悄悄地避嫌走開了。魏太太也沒有加以注意。

魏太太把票子清理完了，抬起頭來，卻看見女兒小娟娟挨挨蹭蹭地，沿著床欄杆走了進來。她蓬著滿頭的乾燥頭髮，眼睛睫毛上，糊了一抹焦黃的眼眵，她那上嘴唇上，永遠是掛著兩行鼻涕的，今天也是依然。今天天氣暖和些，她那件袂襖脫去了，只穿那件帶褲子的西服，原來是紅花布的，這已變成了淡灰色的了。她將個食指送到嘴裡銜著，瞪了小眼睛，望了母親走了來。

魏太太嘆了口氣道：「小冤家，你怎麼就弄得這樣髒喲！回頭我給楊嫂五萬塊錢，帶了你去理回髮，買套新衣服穿，不要弄成這小牢犯的樣子。」魏太太說出了小牢犯這個名詞，她才聯想到娟娟的父親，現在正是牢犯。心裡到底有點蕩漾，她發呆在想心事了。

第十七回　棄舊迎新

這時，隔壁的陶太太，由外而走了來。她口裡還叫著楊嫂道：「你家小少爺，好了一些嗎？我這裡有幾粒丸藥，還是北平帶來的。這東西來之不易，你……」她說到這個你字，已是走進屋子來，忽然看到魏太太呆呆地坐在床上，倒是怔了一怔，身子向後倒縮了去。

魏太太已是驚醒著站起來了，便笑著點頭道：「孩子不大舒服，倒要你費神。請坐請坐。」陶太太笑著進來，不免就向她臉上注意著。見她兩個顴骨上，紅紅的顯出了兩塊暈印，這是熬夜的象徵，同時也就覺得她兩隻眼睛眶子，都有些凹了下去。可是床沿上放著敞開口的皮包，床中心一疊一疊地散堆著鈔票，這又象徵著一夜豪賭，她是人勝而歸了，便立刻偏過頭去，把帶來的兩粒丸藥放在桌子上。因問道：「孩子的病好些了嗎？」

魏太太道：「那倒沒有什麼了不得，不過是有點小感冒。最讓我擔心的，是孩子的父親。你看這不是人在家中坐，禍從天上來？好端端地讓法院裡把他帶去了。」陶太太向她看時，雖然兩道眉毛深深地皺著，可是那兩道眉毛皺得並不自然。這樣，陶太太料著她的話並不是怎樣的真實的，因之，也就不想多問。隨便答道：「我聽到老陶說了，大概也沒有什麼要緊。你休息休息吧，我走了。」

魏太太倒是伸手將她扯住，因道：「坐坐吧。我心裡亂得很，最好你和我談談。」陶太太道：「你不要睡一會子嗎？」魏太太道：「我並沒有熬夜，賭過了十二點鍾不能回來，我也就不打算回來了。現在精神恢復過來了，我不要睡了。」

陶太太也是有話問她，就隨便地在椅子上坐下，因道：「我們老陶，是輸了還是贏了呢？」魏太太道：「我並沒有和陶先生在一處賭，昨晚上他也在外面有聚會嗎？」陶太太道：「他到現在還沒有回來，我也不知道他是贏是輸。家裡還有許多事呢，他不回來，真讓人著急。」說著，將兩道眉毛都皺了起來了。魏太太點著頭道：「真的，他沒有跟我在一處賭。我是在朱公館賭的。」陶太太望了她道：「朱公館？是那個有名的朱四奶奶家裡？」說著，她臉上帶了幾分笑容。魏太太看到她這情形，也就很明白她這微笑的意思了。因搖搖頭道：「有些人看到她交際很廣闊，故意用話糟蹋她，其實她為人是很正派的。」

陶太太在丈夫口裡，老早就知道朱四奶奶這個人了。後來陶伯笙的朋友，都是把朱四奶奶當著個話題，這朱四奶奶為人，更是不待細說。這就靜默地坐了一會，沒有把話說下去。她靜默了，魏太太也靜默了，彼此無言相對了一陣，魏太太又接連地打了兩個呵欠。陶太太笑道：「你還是休息休息吧，一夜不宿，十夜不足。」魏太太打了半個呵欠，因為她對於呵欠剛發出來，就忍回去了。因張了嘴笑道：「我沒有熬夜，不過起來得早一點。」說著，將身子歪了靠住床欄杆。這樣，陶太太覺得實在是不必打攪人家了。說聲回頭見，起身便走。

魏太太站起來送時，人家已經走出房門去了，那也就不跟著再送。她覺得眼睛皮已枯澀得睜不開來，而腦子也有些昏沉沉的。趕快地把床上攤的那些鈔票理起來，放到箱子裡去鎖著，再也撐持不住了，倒在小孩子腳頭，側著就睡了。

約莫是半小時以後，那楊嫂感激著太太給了她一萬元的獎金，特意地煮了三個糖心雞蛋，送進屋子來給她當早點。不想她側身而睡，已是鼾聲呼呼地在響著。走到床面前輕輕地叫了聲太太，哪裡還有一點反應。她放下碗在桌上，正待給太太牽上被，可是就看見她腳上還穿著皮鞋。大概她睡的時候，也是覺著腳上有皮鞋的，所以兩條腿彎曲著向後，把皮鞋伸到床沿外來。楊嫂輕輕地說了聲硬是作孽，說著，她就彎下腰來，給太太把皮鞋脫下。睡著了的人，似乎也了解那雙鞋子是被人脫下了，兩隻皮鞋都脫光了的時候，雙腳縮著，就向裡一個大翻身。楊嫂跟隨女主人有日子了，知道她的脾氣，熬夜回來，必然是一場足睡。這就由她去睡，不再驚動她了。

魏太太贏了錢，心裡是泰然的，不像輸家熬夜，睡著了，還會在夢裡後悔。她這一場好睡，睡到太陽落山，才翻身起床。她坐起來之後，揉揉眼睛，首先就沒有看到腳頭睡的小渝兒，因叫楊嫂進來，問道：「小渝兒呢？」楊嫂笑道：「他好了，在灶房裡耍。太太，你硬是有福氣，小娃兒一點也不帶累人。他睡到十二點鐘，一翻身起來，燒也退了，病也好了。你要是打牌的話，今晚上你還是放心去打牌。」

魏太太看她臉上那分不自然的笑意，也就明白了幾分。因道：「你那意思，以為我只曉得賭錢，連魏先生打官司的事，我一點都不放在心上嗎？這樣大的事，那不是隨隨便便可了的，著急並沒有用處。我遇到了這樣困難的事，我自己不打起精神來，著實的奔走幾天，是找不到頭緒的。你不要看我今天睡了這麼一天，我是培養精神。你打盆水來我洗過臉，我馬上出去。哦！我想起來了。昨天一大早拿去的衣料，現在應該做起來了吧？你給我拿一件來，我要穿了出去，就是那大巷子口上王裁縫店裡。」楊嫂道：「昨日拿去的衣服，今天就拿來，哪裡朗個快？」魏太太道：「包有這樣快。我昨天和王裁縫約好了，加倍給他的工錢，他說昨日晚上一定交一件衣服給我。現在又是一整天了，共是三十六小時了，難道還不能交給我一件衣服嗎？」

楊嫂曾記得太太在裁縫店裡，就換過一件新衣服回來，她說是要拿新衣服，那大概是不能等的，這也就不敢耽擱，給她先舀了一盆熱水來，立刻走去。果然是她的看法對的，不到十五分鐘，楊嫂就夾著一個小白包袱回來了。

魏太太正在洗臉完畢，擦好了粉，將胭脂膏的小撲子，在臉腮上塗抹著紅暈。在鏡子裡面看到楊嫂把包袱夾在肋下，這就扭轉身來，連連地跳了腳道：「糟了糟了，新衣服你這樣地夾在肋下，那會全是皺紋了。」說著就立刻跳過來，在楊嫂肋下把包袱奪了過去。楊嫂看到她那猛烈的樣子，倒是怔了一怔。心裡可也就想著：為什麼這樣留心這新衣服的皺紋，把這分兒心思用到你吃官司的丈夫身上去，好不好？

魏太太把那白布包袱在床上展開，將裡面包的那件粉紅白花的綢夾袍子在床上牽直了，用手輕輕撫摸了一番。很好，居然沒有什麼皺紋。她這就微微地笑道：「半年以來，這算第一次穿新衣。」說著她把身上這件衣服，很快地脫了下來，向床下一丟。然後把這件新衣穿上，遠遠地離了五屜桌站著，以便向那支起的小鏡子可以看到全身。

她果然看到鏡子裡一片鮮豔的紅影。她用手牽牽衣襟，又折摸領圈。然後將背對了鏡子，回轉頭來，看後身的影子。看完了，再用手扯著腰身的兩旁。測量著這衣服是不是比腰身肥了出來。這位裁縫司務，卻是能迎合魏太太的心理，這衣服的上腰和下腰，正合了她的身體大小，露出了她的曲線美。她高興之下，情不自禁地說了句四川話：「要得。」立刻在桌屜裡把新皮包取了出來，將昨晚上贏的款子，取了十萬整數，放在裡面，再換上新絲襪子新皮鞋。

身上都理好了，第二次照照鏡子，覺得兩鬢頭髮，還是不理想的那樣蓬鬆，於是右手拿牙梳攏著頭髮，左手心將鬢角向上托著，自己穿的是新衣，又用的是新化妝品，覺得比平常是漂亮多了。這就沒有什麼工作了，夾了新皮包，就向外面走。

可是走出房門她又回來了。她想起了一件事，在拍賣行裡買的一瓶香水放在抽屜裡，還不曾用過呢。這個時候，正好拿來灑上一灑。這樣想著，她又轉身走回屋子，將香水瓶拿出來，拔開塞子，將瓶眼對衣襟上灑了幾遍。年輕人嗅覺是敏銳的，這就有一陣濃烈的香氣，向鼻子裡猛襲了來，心裡高興著，臉上也就發出遏止不住的笑容。她這次出門，並不像以往那樣魯莽，把那香水瓶蓋好，從容地送到抽屜裡去。把抽屜關好了，還向五屜桌上仔細審查了一下，方才走出去。

她現在是口袋裡很飽，出門必須坐車子，當她站在屋簷下正要開口叫人力車子的時候，讓她想起了一件事，難道就不到法院裡去打聽打聽嗎？魏端本總不至於叛死罪，遲早是要見面的。見了面的時候，那時，他說兩日都沒有到法院去打聽，那可是失當的事。雖然現在天色不早，總得去看看，反正撲空也沒有關係，只多花幾個車錢。

她這樣想著，還是不曾開口叫車子，那賣晚報的孩子，肋下夾了一疊報，手上揮著一張報，腳下跑著，口裡喊道：「看晚報，看晚報，黃金案的消息。」魏太太心裡一動，攔著賣報孩子，就買了一張。

展開報來看著，正是大字標題，「黃金犯被捕」。她看那新聞時，也正是自己丈夫的事。新聞寫著，法院將該犯一度傳訊，已押看守所。犯人要求取保，未蒙允許。

魏太太看了報之後，覺得實在是嚴重，縱然夫妻感情淡薄，總覺得魏端本也很可憐。他若不是為了有家室的負擔，也許不去作貪汙的事。她只管看了報，就忘記走開。身後有人問道：「魏太太，報上的消息怎麼樣。」她回頭看時，正是鄰居陶伯笙。便皺了眉道：「真是倒楣，重慶市上，作黃金買賣的人，無千五萬，偏偏就是我們有罪。」

陶伯笙搖搖頭道：「不，牽連的人多了，被捕的這是第三起，昨天晚報上，今天日報上都登了整大段的新聞。」魏太太道：「我有兩天沒有看報，哪裡知道？我現在想到看守所去看看。」陶伯笙抬頭望了一下天，因笑道：「這個時候，到看守所去，不可能吧？電燈都快來火了。」魏太太道：「果然是天黑了，不過天上有霧。」她說完了覺著自己的話是有些不符事實的，便轉過話來問道：「陶先生，昨晚上也有場局面嗎？」陶伯笙笑道：「不要提起，幾乎輸得認不到還家，搞了一夜，始終是爬不起來。天亮以後，又繼續了三小時，算是搞回來了三分之二。我在朋友那裡睡了一天，也是剛剛回家，太太埋怨死了。」說著，他舉起手來，搖擺了幾下，扭身就走了。

魏太太看看天色，特別的昏沉，電燈桿上，已是一串串的，在街兩旁發現了亮球。她想著，任何機關，這時下了班。看守所這樣嚴謹的地方，當然是不能讓犯人見人。反正案子也不是一天有著落，明天一大早去看他吧。她這就沒有了考慮，雇著車子，直奔范寶華的寫字間。

可是在最熱鬧的半路上，就遇到他了，他也是夾了那個大皮包，在馬路邊上慢慢地迎頭走來。遠遠看到，他就招著手大聲叫著：「佩芝佩芝！哪裡去？」魏太太叫住了車子，等他走近了，笑道：「這時候，你說我哪裡去呢？」范寶華笑道：「下車下車，我們就到附近館子裡去吃頓痛快的夜飯。」

魏太太依了他付著車錢下車，她和他走了一截路，低聲微笑道：「你瘋了嗎？在大街上這樣叫著我的名字大聲說話。」范寶華道：「你還怕什麼？你們那位已經坐了監牢了，你是無拘無束的人，還怕在大街有人叫嗎？」魏太太笑道：「你說痛快地吃頓晚飯，就為的是這個？你這人也太過分了，姓魏的雖然和我合作有點勉強，可是與你無冤無仇，他坐監牢，你為什麼痛快？」范寶華挽了她一隻手臂，又將肩膀輕輕碰了她一下，笑道：「你還護著他呢。我說得痛快，也不過是自己的生意作得順手，今天晚上，要高興高興。」說著，挽了她的手更緊一點。

魏太太倒也聽其自然，隨了他走進一家江蘇館子去。范寶華挑了一間小單間放下門簾陪了魏太太坐著。茶房送上一塊玻璃菜牌子來，交到范寶華手上。他接著菜牌子，向茶房笑道：「你有點外行。你當先交給我太太看。出外吃館子，有個不由太太作主的嗎？」魏太太聽了這話，臉上立刻通紅一陣，可是她只能向范先生微微地瞪著眼睛，卻不能說什麼。

可是那位茶房卻信以為真，把菜牌子接過來，雙手遞到魏太太手上，半鞠著躬笑道：「范太太什麼時候到重慶來的？以後常常照顧我們。范太太是由下江來的嗎？」茶房越說越讓她難為情，兩手捧著菜牌子呆看了，作聲不得。范寶華倒是笑嘻嘻的，斜銜了一支菸卷對她望著。

魏太太心裡明白，這個便宜，只有讓他占了去，說穿了那更是不像話了。這就把菜牌子遞迴給范寶華道：「我什麼都可以。我只要個乾燒鯽魚，其餘的都由你作主吧。吃了飯我還有事呢，不要耽誤我的工夫。」說著，她又向他瞪了一眼。他這就很明白她的意思了，笑嘻嘻掏出西裝口袋裡的自來水筆，和日記本子，在日記本子上寫了幾樣菜撕下一頁交給茶房拿去。

魏太太等茶房去了，就沉著臉道：「不作興這樣子，你公開地占我的便宜。」范寶華並沒有對她這抗議加以介意，又把紙菸盒子打開，隔了桌面送過來，笑道：「吸一支菸吧，你實際上是我的了，對於這個虛名，你還計較什麼。」

她真的取了一支菸銜著，他擦了火柴，又伸過來，給她將菸點著。她吸了一口菸，噴出煙來，將手指夾了菸支，向他指點著道：「還有那樣便宜的事嗎？你當了人這樣亂說，讓朋友們全知道了，我怎麼交代得過去？下次不可。這且不管了，你說生意作得很順手，是什麼事？」范寶華道：「黃金儲蓄券，我已買到手了。有三萬的，有兩萬七八的，還有兩萬五的。正好遇到幾位定黃金儲蓄的人，等著錢用，賺點利錢，就讓出來了。我居然湊足了三百兩。我就不等半年兌現，這東西在我手上兩個月，我怕不賺個對本對利。」

魏太太道：「好容易定到黃金儲券，那些人為什麼又要賣出來呢？」范寶華隔了桌面，向她注視著，笑道：「你應該明白呀。你們老魏就作的是這生意。他們只想短期裡挪用公款一下，買他百十兩金子，等黃金儲蓄券到手，占點兒便宜就賣了。於是把公款歸還公家，就分用那些盈餘。像這種人，他怎麼不知道金券放在手上越久就越賺錢。可是公家的款子可不能老放在私人腰裡。你說是不是？」魏太太點點頭道：「是的，只是你們有錢的人，抓住了那些窮人的弱點，就可以在他們頭上發財了。」

范寶華對於她這個諷刺，並不介意，只是向她身上面對了她望著。她將手上夾的紙菸，隔桌子伸了過來，笑道：「你老望著我幹什麼？我要拿香菸燒你。」范寶華笑道：「我不是開玩笑。像你這樣青春貌美，穿上好衣服，實在是如花似玉。這樣的人才，教她住在那種豬窠樣的房子裡，未免不稱。我對你這身世很可惜，我也就應當想個辦法來挽救你。」

魏太太默然地坐著聽他的話，最後向他問道：「你怎麼挽救我？」范寶華道：「那很簡單，你和老魏脫離關係，嫁給我。」魏太太將紙菸放在菸灰碟子裡，提起桌上的茶壺，斟了一杯茶，慢慢的喝著。然後微笑道：「你吃了袁三一次大虧，你還想上當。」范寶華道：「那是你太瞧不起自己了。你不是她那種人，你不會丟開我，我覺得我們的脾氣很合適。」魏太太道：「你這時候，提出這話，那是乘人於危，人家不是在吃官司嗎？」他道：「我正因為老魏吃了官司，我才和你說這話。不要說什麼大罪，就是判個三年兩年，你這日子，也不好過。我今天看到晚報以後，我就這樣想了，這是給你下的一顆定心丸啦。」

魏太太還要說什麼，茶房已經送進酒菜來了。她笑道：「你今天特別高興，還要喝酒？」說著，她望了那把裝花雕的瓷壺微笑。范寶華指著放在旁邊椅子上的大皮包笑道：「我為它慶祝。」這樣，她心裡就暗想著，這傢伙今天眉飛色舞，大概是弄了不少錢。趁這機會就分他兩張黃金儲蓄券過來，於是心裡暗計劃著，要等一個更好的機會，向他開口。

飯吃到半頓時，范寶華側耳聽著隔壁人說話，忽然呀了一聲道：「洪五爺也在這裡吃飯。」魏太太道：「哪個洪五爺？」范寶華道：「人家是個大企業家，手上有工廠，也有銀行。朱四奶奶那裡，他偶然也去，你沒有會到過他嗎？」魏太太道：「我就只到過朱公館兩回，哪會會到過什麼人？」范寶華倒不去辯解這個問題。停了杯筷只去聽間壁的洪五爺說話。聽了四五分鐘，點頭道：「是他是他。我得去看看。」說著，他就起身走了。

她聽到隔壁屋子裡一陣寒暄，後來說話的聲音就小一點。接著隔開這屋子的木壁子，有些細微的摩擦聲，似乎有人在那壁縫裡張望，隨後又嘻嘻地笑了。魏太太這時頗覺得不安。但既不能干涉人家窺探，也不便走開，倒是裝著大方，自在地吃飯。可是范寶華帶著笑容進來了，他道：「田小姐，洪五爺要見見你。」她道：「不必吧，我……」這個我字下的話沒有說出，門簾子一掀，走進來一個穿著筆挺西服的人。

他是個方圓的臉，兩顴上兀自泛著紅光。高鼻子上架著一副金絲腳光邊眼鏡，兩隻眼珠，在鏡子下面，滴溜溜地轉著現出一種精明的樣子。鼻子下面，養出兩撇短短的小鬍子。在西裝小口袋裡，垂出兩三寸金錶鏈子，特別襯得西裝漂亮挺括。他手裡握了一支菸斗，露出無名指上蠶豆大的一粒鑽石戒指。

魏太太一見，就知道這派頭比范寶華大得多。記得有一次到朱四奶奶家去，在門口遇到她很客氣地送一位客出來，就是此公。為了表示大方起見，自己就站了起來。范寶華站在旁邊介紹著，這是洪五爺，這是田小姐。

洪五爺對魏太太點了個頭道：「我們在哪裡見過一面吧？不過沒有經人介紹，不敢冒昧攀交。」魏太太笑道：「洪先生說話太客氣，請坐吧。」他倒是不謙遜，帶了笑容，就在側面椅子上坐下，范寶華也坐下了。因笑道：「五爺，就在我們這裡喝兩杯，好不好？」他笑道：「那倒無所謂，那邊桌上，也全是熟人，我可以隨時參加，隨時退席。不過你要我在這裡參加，我就得作東。」范寶華笑道：「那是小事，我隨時都可以叨擾五爺。」他聽了這話，倒把臉色沉重下來了，微搖了頭道：「我不請你，我請的是田小姐。」說著，立刻放下笑容來，向魏太太道：「田小姐，你可以賞光嗎？」她笑著說不敢當。

洪五爺倒不研究這問題是否告一段落，叫了茶房拿杯筷來，正式加入了這邊座位吃飯。魏太太偷眼看范寶華對這位姓洪的，十分地恭敬，也就料著他說這是一位大企業家，那並不錯。自己是個住吊樓的人，知道企業家是什麼型的呢？范寶華都恭敬他，認得這種人，那還有什麼吃虧的嗎？

第十八回　擠兌

這位洪五爺，以不速之客的資格，加入了他們男女成對的聚會，始而魏太太是有些尷尬的。但在聚談了十幾分鐘之後，也就不怎麼在意了。洪五爺倒是很知趣的，雖然在這桌上談笑風生，他並不問魏太太的家庭。而范寶華三句話不離本行，卻只是向洪五爺談生意經。說到生意上，洪五爺的口氣很大，提到什麼事，就是論千萬，勝利前一年，千萬元還是個嚇人的數目。魏太太冷眼看到他的顏色，說到千萬兩個字，總是脫口而出，臉上沒有一點改樣。她心裡雖然想著，這總有些誇張。可是范寶華對於他每句話，都聽得夠味，尤其是數目字，老范聽得入神，洪五爺一說出來，他就垂下了上眼皮，靜靜的聽他報告數目字。等到有個說話的機會，他就笑問道：「五爺，我有一事不明，要請教請教。」

洪五爺手握了菸斗頭子，將菸斗嘴子倒過來，指著他笑道：「你說的是哪門生意，只要是重慶市上有貨的，我一定報告得出行市來。」范寶華道：「倒不是貨價。我問的是那位萬利銀行的何經理。他騙取了許多朋友的頭寸，作了一筆大大的黃金儲蓄，這個報上披露黃金案的名單，怎麼沒有他在內？」洪五爺笑道：「我知道，你是上當裡面的一個。他們是幹什麼的，作這種事，還有不把手腳搞得乾乾淨淨的嗎？他不但是作黃金儲蓄，而且還買了大批的期貨。他若是買的十月份期貨，這幾天正是交貨的時候，萬利銀行，真是一本萬利了。你打算和他找點油水嗎？」范寶華笑道：「我也沒有那樣不懂事。我們憑什麼，可以去向銀行經理找油水。」

洪王爺將菸斗嘴子，送到嘴裡吸了兩口，笑著點點下巴頦道：「只要你願意找，我可以幫你個忙，給他開個小小的玩笑。」范寶華道：「那好極了。這回我上他們當的事，五爺當然知道。我也不想找什麼油水，我只要出口氣就行了。」洪五爺道：「若是你只圖出口氣，我決可辦到。我現在開張八百萬元的抬頭支票給你，你明天拿去提現。他看到這支票，一定會足足地敷衍你一頓。」范寶華望了他有些不解，問道：「五爺給我八百萬元的支票，我提到了現又交給你嗎？」

洪王爺哈哈一笑道：「假如這八百萬元之多的支票，你到了銀行裡就可以取現，那萬利銀行的何育仁，也就不到處向大額存戶磕頭作揖了。今天下午，他還特意託人向我打招呼，在這兩三天之內，千萬不要提存呢。再說，我們交情上，談得到銀錢共來往。可是無緣無故我開張八百萬元支票給你，這說是我錢燒得難受嗎？」范寶華道：「我也正是這樣想。五爺把支票給我，無論兌現不兌現，我應當寫一張收據給五爺，因為這數目實在太大了。」

洪五爺點點頭道：「那倒也隨你的便。」說著，他在西裝懷裡，摸出了自來水筆和支票簿子，寫了一張抬頭的八百萬元支票。隨後又摸出了圖章盒子，在支票上蓋了章。笑嘻嘻地遞了過來，因道：「過去十來天，我們這位何經理太痛快了。現在我們開點小噱頭讓他受點窘，這是天理良心。」范寶華將支票接過來看了一看，然後也拿出日記本子來，用自來水筆寫了一張收據，也摸出圖章盒子來，在上面蓋了章，兩手捧了拳頭抱著支票作揖，笑道：「多謝多謝。」

洪五爺笑道：「你多謝什麼，我又不白送你八百萬元。」魏太太見他碰了這樣的大釘子，以為他一定有什麼反應。可是他面不改色的，把支票折疊著，塞到西服小口袋裡放著。似乎是怕支票落了，還用手在小口袋上按了一按。

魏太太這時倒無話可說，慢慢地將筷子頭夾了菜，送到嘴裡，用四個門牙咬著，而且是慢慢的咀嚼下去。洪五爺似乎看到她無聊，卻偏過頭向她笑道：「田小姐平常怎樣消遣？」她道：「談不到消遣，於今生活程度多高，過日子還要發生問題呢。」

洪五爺笑道：「客氣客氣！不過話又說回來了，重慶這個半島，擁擠著一百多萬人口，簡直讓人透不出氣來，聽個戲，沒有好角，瞧個電影，是老電影。那個公園，山坡子上種幾棵樹，那簡直也就是個公園的名兒罷了。只有邀個三朋四友，來他個八圈，其餘是沒有什麼可消遣的。」范寶華笑道：「田小姐就喜歡的這一類消遣。不過十三張是有點落伍了。她喜歡的是五張紙殼的玩具。」魏太太將筷子頭對他一揮，嘴裡還嗤了一聲。在她的笑臉上眼珠很快地轉動著，向他似怒似喜地看著。

這五爺看了這份動作，那就很可以了解，他們是什麼關係了。因笑道：「這沒有關係呀。打個小牌，找點家庭娛樂，這是很普通的事。田小姐打多大的牌？」魏太太笑道：「我們還能說打多大的？不過是找點事消遣消遣。」洪五爺向范寶華笑道：「我並不想在賭博上贏錢，倒是不論輸贏，有興致就來，興致完了就算了。怎麼樣？哪天我們來湊個局面。」范寶華笑道：「五爺的命令，那有什麼話說，我哪天都可以奉陪。」

洪五爺將眼睛轉了半個圈，由范寶華臉上，看到魏太太臉上。微笑道：「怎麼樣？田小姐可以賞光嗎？」魏太太正捧了飯碗吃飯，將筷子扒著飯，只是低頭微笑。洪五爺道：「真的我不說假話，就是這個禮拜六吧。定好了地點我讓老范約你。可以吧？」說到個「吧」字，他老聲音非常的響亮。

魏太太到了這時，不能不答應，便笑道：「我恐怕不能確定，因為我家裡在這兩天正有點問題。」范寶華手上拿了筷子豎起來，對著他搖了幾下，笑道：「不要聽她的，她沒有什麼事。一個當小姐的人，家裡有事，和她有什麼相干呢？」

洪五爺聽他這樣說，就知道這確是一位小姐。便道：「果然的，小姐在家裡是沒有什麼事。田小姐說是有事，那是推諉之詞。不過我和老范倒是好友，而且老范還推我作老前輩呢。老范可以邀得動你，我也就可以邀得動你。」范寶華笑道：「沒有問題。」他這句話沒有交代完，隔壁屋子裡，卻是嬌滴滴地有人叫了聲五爺。他對於這種聲音的叫喚，似乎沒有絲毫抵抗的能力，立刻起身就走向隔壁的雅座裡去了。

魏太太低聲問道：「這個姓洪的，怎麼回事？他有神經病嗎？平白無事，開一張八百萬元的支票給你，讓你到銀行裡去兌現。」范寶華笑道：「慢說是八百萬元，就是一千六百萬元，他要給人開玩笑，他也照樣地開。你若是有這好奇心的話，我明天九點鐘就到萬利銀行去，你不妨到我家裡去等著我的消息。」

魏太太道：「明天上午，我應該……」她下面的這句話，是交代明日要到法院裡去，可是她突然想到老說丈夫坐牢，那徒然是引起人家的訕笑。因之將應該兩個字拖得很長，而沒有說下去。范寶華笑道：「應該什麼？應該去作衣服了，應該去買皮鞋了，可是這一些你已經都有了哇！」魏太太道：「已經都有了？就不能再置嗎？」

范寶華道：「不管你應該作什麼吧，希望你明天上午到我家裡來。假如我明天在萬利銀行那裡能出到一口氣，我就大大地請你吃上一頓。」魏太太將手上的筷子，點了桌上的菜盤子，笑道：「這不是在吃著嗎？」范寶華笑道：「你願意幹折，我就幹折了吧。」魏太太向他啐了一口道：「你就說得我那樣愛錢？」

就在這個時候，那洪五爺恰好是進來了。這個動作，和這句言語，顯然是不大高明的。她情不自禁的，將臉上抹的脂胭暈，加深了一層紅色。洪五爺倒是不受拘束，依然在原來的座位上坐下。

這是一張小四方桌子。范田二人，是抱了桌子角坐的。洪五爺坐在魏太太下手，他很親切地，偏過頭對了魏太太的臉上望著。笑道：「老范少讀幾年書，作生意儘管精明，可是說出話來，不怎樣的細緻，可以不必理他。」魏太太對於這個，倒不好說什麼，也只是偏過頭去一笑，那范寶華對於洪五爺這番親近，似乎是很高興，只是嘻嘻地笑。大家在很高興的時候，把這頓飯吃過去了。

這當然已是夜色很深，魏太太根本沒有法子去打聽魏端本的官司。她到了十二點鐘回家，倒是楊嫂迎著她，首先就問先生的官司要不要緊？魏太太淡淡地說：「還打聽不出頭緒來呢。」楊嫂不便問了，她也不向下說。不過她心裡卻在揣想著那洪五爺的八百萬元。她想著天下沒有把這樣多的錢給人開玩笑的，不知道他和老范弄著什麼鬼玩意。也許這筆錢就是給老范的。他一筆就收入八百萬元，為什麼不分她幾個錢用呢？她有了這個想法，倒是大半夜沒有睡，次日早上起來，就直奔范寶華家。

在巷子口上，就遇到了老范，他肋上夾著一隻大皮包，匆匆出門。他已經坐上人力車子了，沒有多說話，口裡叫了聲等著我，手拍了一下肋下的皮包，車子就拉走了。范寶華雖知道皮包裡一張八百萬元的支票，並不是可以兌到現金的。可是他有個想法，萬利銀行兌不到現款的話，不怕何經理不出來敷衍，那時就可以和他算黃金儲蓄的舊帳了。這樣想著很高興地奔到了萬利銀行。

這時，何經理和兩個心腹高級職員，正在後樓的辦公室裡，掩上門，輕輕地說著話。那正中的桌子上，正擺著十塊黃澄澄的金磚。何育仁經理站在桌子旁邊，將手撫摸著那硯盤大的金塊子，臉上帶了不可遏止的笑容，兩道眉峰，只管向上挑起。那金塊子放在桌子中心，是三三四，作三行擺著，每塊金磚，有一寸寬的隔離。這桌子正是墨綠色的，黃的東西放在上面，非常好看，而且也十分顯目。金煥然襄理，和石泰安副理，各背了兩手在身後，並排在桌子的另一方，對了金磚看著。

何經理向他們看了一下，笑道：「我們費盡九牛二虎之力，才把這東西弄到手。照著現在的黑市計算，五六千萬元可賺，不過我們所有的款子都凍結了。我們得想法子調齊頭寸，應付每天的籌碼。」石泰安是張長方的臉，在大框眼鏡下，挺著個鷹鉤鼻子，倒是個精明的樣子。他穿了件戰前的蓄藏之物，乃是件長長的深灰嗶嘰夾袍子。這上面不但沒有一點髒跡，而且沒有一條皺紋。只看這些那就知道這個人是不肯作事馬糊的人。他對於經理這種看法，似乎有點出入，因笑道：「經理所見到的，恐怕還不能是全盛計劃。現在重慶市面上的法幣，為了黃金吸收不斷，大部分回了籠，這半個月來，一直是銀根緊著。家家商業銀行，恐怕都有點頭寸不夠，調頭寸的話，恐怕不十分順手。我們不如拋出幾百兩金子去……」

何育仁不等他把話說完，就將頭搖得像按上了彈簧似的。淡笑著道：「唉！這哪是辦法？我不是說了嗎？我們費了九牛二虎之力，才買到這批期貨，今日等來明日等，等到昨日才把這批金子弄回來，直到現在，還不過十幾小時，怎麼就說拋售出去的話？」那位金煥然襄理，倒是和何經理一鼻孔出氣的，他將手由西服底襟下面，插到褲岔袋裡，兩隻皮鞋尖點在樓板上，將身子顛了幾顛，笑道：「有了這金子在手上，我們還怕什麼？萬一周轉不過來，把金子押在人家手上，押也押他幾千萬。再說，我們現在拋售，也得不著頂好的價錢。我們為什麼不再囤積他一些日子。」

石泰安笑道：「當然金價是不會大跌，只有大漲的。不過我們凍結這多頭寸，業務上恐怕要受到影響。」何經理站著想了一想，因道：「我在同業方面，昨天調動了兩千萬，今天上午的交換沒有問題。下午我再調動一點頭寸就是。不知道我們行裡，今天還有多少現鈔？」石泰安笑道：「經理一到行裡，就要看金磚，還沒有看帳目呢。我已經查了一查，現鈔不過三四百元。我覺得應當預備一點。」

何經理對於這個問題還沒有答覆。門外卻有人叫道：「經理請出來說句話吧。」何育仁開門走出來，見業務主任劉以存，手上拿了張支票，站在客廳中間，臉上現出很尷尬的樣子。便問道：「有什麼要緊的事？」劉主任將那張支票遞上，卻沒有說話，何經理看時，是洪雪記開給范寶華的支票，數目寫得清清楚楚，是八百萬元，下面蓋的印鑑，固然也是筆畫鮮明，而且翻過支票背面來看，也蓋有鮮紅的印鑑。他看完了，問道：「這是洪五爺開的支票。昨天我還託人和他商量過了，請他在這幾天之內，不要提現，怎麼今天又開了這麼一張巨額支票。而且是開給范寶華的，這位仁兄，和我們也有點彆扭。」

劉以存看經理這樣子，就沒有打算付現。因道：「這個姓范的和經理也是熟人，可以和他商量一下嗎？」他拿著支票在手上，皺了眉頭望著，因道：「那有什麼法子呢！請他到我經理室裡談談吧。」劉以存答應著下樓去了，何育仁又走回屋子裡，再看了看桌上的金磚，就叫金石二人，把它送進倉庫，然後才下樓去。

他到了經理室裡，見范寶華已不是往日那樣子，架了腿坐在沙發上嘴角裡斜銜了一支菸卷，態度非常自得。何經理搶向前，老遠伸著手，老范只好站起來和他相握了。何經理握著他的手道：「上次辦黃金儲蓄的事，實在對不起，我不曾和行裡交代就到成都去了。好在你並沒有什麼損失，下次老兄有什麼事要我幫忙，我一定努力以赴補償那次的過失。」范寶華笑道：「言重言重，我不過略微多出些錢，那些黃金單子我還買到了。」

何育仁點著頭道：「是的！把資金都凍結在黃金儲蓄上，那也是很不合算的事。」說話時他另一隻手還把支票捏著呢。這就舉起來看了一看，因笑道：「我兄又作了一筆什麼好生意，洪五爺開了這樣一張巨額支票給你。」范寶華道：「哪裡是什麼生意，我和他借的錢，還是照日拆算息呢。我欠了許多零零碎碎的債，這是化零為整，借這一票大的，把人家那些雞零狗碎的帳還了。」

何育仁見他說是借的錢，先抽了口氣。這張支票，人家等著履行債務，而且還是親自來取，怎好說是不兌現給人家。因把支票放在桌上，先敬客人一遍紙菸，又伸了脖子，向外面喊著倒茶來。然後拉著客人的手，同在一張沙發上坐了。他昂著頭想了一想，笑道：「我們是好朋友，無事不可相告。我們作黃金作得太多了。資金都凍結在這上面。這兩天很缺乏籌碼。」

范寶華聽著，心裡好笑。洪五爺真是看得透穿，就知道萬利兌不出現來。姓何的這傢伙非常可惡，一定要擠他一擠。因笑道：「何經理太客氣了。誰不知道你們萬利的頭寸是最充足的。」何育仁道：「我不說笑話，的確，這兩天我們相當緊。錢我們有的是，不過是凍結了。我們商量一下，你這筆款子遲兩天再拿，好不好。」

范寶華道：「五爺的存款不足，退票嗎？」何育仁連連地搖頭道：「不是不是！五爺的支票，無論存款足不足，我們也不敢退票。求老兄幫幫忙，這票子請你遲一天再兌現。」說著抱了拳頭連連地拱揖。

范寶華皺了眉頭只管吸菸。兩手環抱在懷裡，向自己架起來的腿望著，好像是很為難的樣子。何育仁道：「耽誤老兄用途的話，我們也不能讓老兄吃虧。照日子我們認拆息。」

范寶華笑道：「何經理還不相信我的話嗎？我是借債還債。若有錢放債，我何不學你們的樣，也去買金子。請你和我湊湊吧，現在沒有，我就遲兩小時來拿也可以。只要上午可以拿到款子，我就多走兩次路，那倒無所謂。」何育仁見他絲毫沒有放鬆的口風，這倒很感到棘手。自己也吸了一支菸，這就向范寶華說：「那也好，你在什麼地方，在十一點半鐘的時候，我給你一個電話。支票奉還。」說著，撿起桌上那張支票，雙手捧著，向他拱了兩個揖，口裡連道抱歉抱歉。

范寶華將支票拿著笑道：「我倒無所謂，拿不到錢，我請洪五爺另開一張別家銀行的吧，不過洪五爺他遇到了退票的事，重慶人的話，恐怕他不瞭然。」何育仁道：「那是自然，我立刻和他打電話。范兄，這件事還請你保守著祕密。改日請你吃飯。」范寶華慢慢地打開皮包，將支票接了放進去，笑道：「我看不必等你的電話了。我在咖啡館裡坐一兩小時再來吧。」何經理笑道：「雖然八百萬元，現在是個不小的數目，可是無論如何，一家銀行也不會讓八百萬元擠倒，我就不為老兄這筆款子，也要調頭寸來應付這一上午的籌碼，我準有電話給你。」

范寶華想了也是，在現在的情形，每家商業銀行，總應該著一兩千萬元的籌碼預備著。若是逼得太狠了，到了十二點鐘，他可以付出八百萬元時，這時候算是白作了個惡人。這就笑道：「好吧，我等你的電話吧。」何育仁見他答應了不提現，身上算是乾了一身汗，立刻笑嘻嘻地和范寶華握著手道：「老兄幫忙我感謝不盡。希望這件事包涵一二。不足為外人道也。」范寶華點頭道：「那是自然，我們又不是外人。」這句話說得何經理非常高興，隨在他身後送到大門口為止。

他回到經理室，營業科劉主任就跟進來了。低聲問道：「那張支票壓下來了嗎？」何育仁嘆了口氣道：「壓是壓下來了，聽他的口風，還是非要錢不可。我看他意思，有點故意為難，他說十二點鐘以前，還要到我行裡來一趟呢。」

劉主任手上捏著一張紙條，上面寫了幾行阿拉伯字碼，先把那張紙條遞過去，然後，伸了個指頭，將那字碼一行行地指著，口裡報告著道：「我們開出的支票是這多，收到人家的支票是這多，庫存是這多，今天上午短的頭寸，大概是這多。」

何育仁隨了他的指頭看著，看到了現金庫存只有三百六十萬元。便道：「現在已是十點多鐘了。若是沒有大額支票開來，這事情就過去了。至於中央銀行交換的數目，我昨天就估計了，上午還不會短少頭寸。下午？」他說到這裡，低頭沉吟了一下子，因道：「我得出去跑跑，在同業方面想點法子，大概需要五千萬到六千萬，原因是這一個星期以來，每天都讓存戶提存去了幾百萬，而吸收的存款，還不到十分之二呢。」

正說到這裡，一個穿西服的職員，匆匆地走了進來，直了眼睛，向劉主任望著道：「又來了兩張支票，一張是一百二十萬，一張是八十萬，整整是二百萬。」劉主任抬頭看看牆壁上的掛鐘，還是十點三十五分，他怔怔的不敢答覆這個問題，只有向何經理望著。那鐘擺在那裡響著，聽得很是清楚。吱咯吱咯地響著，好像是說嚴重嚴重！欲知何經理怎樣度此難關？請看本書續集《此間樂》。

紙醉金迷之一夕殷勤——世態炎涼，人性一覽無遺

作　　者：張恨水
發 行 人：黃振庭
出 版 者：複刻文化事業有限公司
發 行 者：複刻文化事業有限公司
E-mail：sonbookservice@gmail.com
粉 絲 頁：https://www.facebook.com/sonbookss/
網　　址：https://sonbook.net/
地　　址：台北市中正區重慶南路一段六十一號八樓 815 室
Rm. 815, 8F., No.61, Sec. 1, Chongqing S. Rd., Zhongzheng Dist., Taipei City 100, Taiwan

電　　話：(02)2370-3310
傳　　真：(02)2388-1990
印　　刷：京峯數位服務有限公司
律師顧問：廣華律師事務所 張珮琦律師
定　　價：299 元
發行日期：2024 年 01 月第一版
◎本書以 POD 印製

國家圖書館出版品預行編目資料

紙醉金迷之一夕殷勤——世態炎涼，人性一覽無遺 / 張恨水 著 . -- 第一版 . -- 臺北市：複刻文化事業有限公司, 2024.01
面；　公分
POD 版
ISBN 978-626-7426-20-3(平裝)
857.7　　112022176

電子書購買

臉書

爽讀 APP